静静的鸭绿江

周建新 ◎ 著

沈阳出版发行集团
沈阳出版社

图书在版编目（CIP）数据

静静的鸭绿江/周建新著.—沈阳：沈阳出版社，2021.6

ISBN 978-7-5716-1893-3

Ⅰ.①静… Ⅱ.①周… Ⅲ.①纪实文学—中国—当代 Ⅳ.①I25

中国版本图书馆CIP数据核字（2021）第101783号

出版发行：沈阳出版发行集团 | 沈阳出版社
　　　　　（地址：沈阳市沈河区南翰林路10号　邮编：110011）
网　　址：http://www.sycbs.com
印　　刷：辽宁一诺广告印务有限公司
幅面尺寸：145mm×210mm
印　　张：8
字　　数：140千字
出版时间：2021年6月第1版
印刷时间：2021年6月第1次印刷
责任编辑：张　闯　宋　铮　萧大勇
剪纸制作：孙希武
封面设计：润泽文化
版式设计：代雪华
责任校对：黄　莹　张雪丹
责任监印：杨　旭

书　　号：ISBN 978-7-5716-1893-3
定　　价：38.00元

联系电话：024-24112447　62564920
E-mail：sy24112447@163.com

本书若有印装质量问题，影响阅读，请与出版社联系调换。

目 录

Contents

001	**引子　英雄之城**
010	**第一章　新婚别**
010	落户山城村
015	第一次土改
021	第二次土改
025	新婚别
031	**第二章　解放全中国**
031	冬季攻势
034	解放四平
038	转战辽西
045	平津战役
048	直捣海南岛

057	**第三章　抗美援朝**
057	跨过鸭绿江
063	强渡清川江
068	激战龙水洞
077	**第四章　两次入朝**
077	回国疗伤
086	二次过江
091	**第五章　三八线**
091	不见面的战争
098	细菌战
100	开赴前线
102	冷枪运动
107	巧战162高地
111	攻守161高地
123	**第六章　回乡务农**
123	我的祖国
128	回　乡

134	合作化
139	修　路

第七章　深爱每一寸土地
145	修堤坝
149	造良田
154	栽草莓
157	种树林
159	度饥荒
166	搞副业
170	抓工业

第八章　藏不住的军功章
176	军功章
180	书的秘密
182	战友重逢
186	忘却不掉的纪念
189	军功藏不住

第九章　道是无情却有情
196	长女的"仇恨"

205	长子的"遗憾"
212	父亲的"愧疚"
215	乡邻的感恩
220	村支部的榜样
224	不老的老人
229	**第十章　时代楷模**
229	缺席的盛典
232	铭　记
238	发　现
240	传　播
246	后　记

引子　英雄之城

发源于长白山南麓的鸭绿江，穿越连绵的高山，切割深邃的河谷，一路飞泻下来，流淌到辽宁丹东与浑江相汇，忽然变得舒缓起来。这里河网密布、水流分岔、蜿蜒回转、沙洲漫布、雾霭蒙蒙、植被繁茂。尤其是初夏时节，江水中鱼翔浅底，江面上鸥鸟飞集，河畔里的沙洲满眼嫩绿，到处是绿野仙踪，畔上的油菜花金黄耀眼，岸上青山环绕的山坳里百花盛开，桃花争鲜。立于此间，令人心醉神迷，恍若隔世。

鸭绿江就这样一直流淌下去，在丹东境内流出了近二百余公里的画卷。流经到市区时，水流全部汇集在一起，江面豁然开朗，河道变得宽广浩荡，船舶来往穿梭。若遇涨潮，海水逆袭而上，宽阔的江面，便会安静得像一匹无边的舒展开的绸子。

清晨，市民和游人沿江休闲，看水波潋滟，享绿树浓荫，一派怡然自得的慢生活景象。

一江绿水缠玉带，两岸奇山映画中，丹东江山如画，春可观奇鸟、看繁花、踏青坪，夏可纳清凉、漂大河、赶小海，秋可赏银杏、摘鲜果、登名山，冬可捕江鱼、滑瑞雪、泡温泉。赏心悦目的自然之美，只有身临其境才能心领神会。

踞江之畔，临海之滨，河脉纵横，山高水长。丹东独特的地理位置，决定了独特的气候条件，又产生了独特的物产。江水里，细长白嫩柔软的面条鱼，宽厚肥美少刺的江鲤，珍贵稀有骨脆肉鲜的鲟鱼，皆为人间极鲜。山峦间，燕红桃个大汁多味甜，山杏梅甘甜稀缺珍贵，蓝莓色深霜重果硕，堪称人间仙果。峻岭上，猴头、松茸等神菌深藏其中，刺嫩芽、大叶芹、大耳猫、蕨菜等十余种山珍，特色十足。

北纬四十度的丹东，自然物产与东北其他地区截然不同，这是江海森林的哺育，长白山宽广胸怀的护佑，更是每年多达一千毫米雨水的滋润。

作为中朝界河的鸭绿江，与世界上惯行的大多数界河不同，不是严格地按照主航道划分，水面由两国共管，朝鲜的渔船、运输船和中国的游艇并行不悖，承载着中朝一衣带水的共同历史命运。是啊，千百年来，中朝两国人民同饮一江水，同食一江鱼，命运相牵，荣辱相连，每逢东北亚时局变化，这条江都会感受到时代的风云际会。

丹东（旧称安东），这座中国最大最美的边境城市，也是通往朝鲜和日本的枢纽和门户，历来是兵家必争之地，也成为兵戈枪炮侵犯的重灾区。保卫这美好的江山，维护中朝两国不受外辱，两国人民用鲜血和生命凝成了世代友谊。

远至唐朝的白江口之战就不说了，就从四百年前说起。公元1592年丰臣秀吉统一了日本，结束了日本战国时代，遂萌发了建立亚洲大帝国的野心，先征服朝鲜，再征服中国，最后征服印度。于是，率水陆军十四万人，先对朝鲜发动战争。没多久，朝鲜国土大半沦陷，国王逃到今天新义州附近，向明朝求援。明朝辽东总兵李如松等率军从丹东境内渡过鸭绿江驰援朝鲜，这场持续六年的抗日援朝战争，最终以日本撤出朝鲜告终，此后三国维持了三百年的和平。

然而，明治维新后，迅速强大起来的日本，亚洲大帝国的野心死灰复燃。1894年日本再次把目光对准朝鲜，借口镇压东学党起义出兵朝鲜半岛，不宣而战，点燃了甲午战火。海战，清朝苦心经营多年的北洋水师，在安东大东沟海域的黄海大战中遭到重创，邓世昌等海军官兵苦战到底，不幸殉国。陆战，镇守平壤的统帅叶志超望风而逃，鸭绿江防线全线崩溃。从此，朝鲜彻底沦为日本的殖民地，而中国也进一步走向深渊，帝国主义再次掀起了瓜分中国的狂潮。

然而，英勇的丹东人民，秉承着祖辈的自强不息，坚忍不拔，与自然抗争，与侵略者拼杀，雄镇边关，保家卫国，自发组织起了抗日武装。从甲午陆战，丹东人民冒着炮火支援鸭绿江马金叙保卫虎山开始，五十年间，反抗斗争从未间断。尤其是九一八事变后，日本明目张胆地入侵东北，丹东地区掀起了风起云涌的抗日战争，以苗可秀、邓铁梅为代表的抗日义勇军多达八十多支，武装力量达六万余人，建立起了三个县级武装政权，给日伪军沉重的打击。

最值得称道的是东北抗日联军第一军，在杨靖宇的领导下，转战在丹东的青山沟等长白山脉中，建立起了抗日根据地，甚至奇袭到鸭绿江边，把大量日军牵制在东北，迟缓了日军入侵关内，为抗日战争的最后胜利，付出了巨大的牺牲，做出了伟大贡献。抗联第一军接纳了许多不肯做亡国奴，潜过鸭绿江，流亡到中国的朝鲜人民。他们参加了东北抗联，组成若干朝鲜支队，与中国人民并肩作战，共同抵抗日本的侵略。因此，鸭绿江右岸也是朝鲜人民抗日斗争的主要根据地。

一条江，承载着中朝两国人民共同的历史命运。它是历史形成的，也是鲜血凝成的。当历史的时针转到1950年10月，新中国诞生刚满一周年，国内，百废待兴，还面临着解放西南国土和消灭残匪的战斗；国际，斗争更为复杂，以美国为首的"联合国军"悍然干涉朝鲜内政，入侵朝鲜，将战火烧到了鸭绿江边。美军飞机多次侵入丹东领空，对三马路、文物市场、鸭绿江大桥等地进行低空扫射和轰炸，我人民财产损失严重，百余名平民死伤。

10月初，美军越过三八线，迅速向中朝边境推进，朝鲜人民军面临绝境，朝鲜人民承受巨大战争灾难。同时，中国的安全受到了严重威胁，朝鲜劳动党总书记金日成向中国政府提出出兵相助的请求。面对着当时世界上最强大的对手，怎么办？毛泽东主持中共中央政治局会议，全面估量国际国内形势，审时度势，权衡利弊，毅然做出抗美援朝、保家卫国的战略决策，组成中国人民志愿军，高举爱国主义、国际主义和革命英雄主义的旗帜，开赴朝鲜战场，与朝鲜军民并肩抗击侵略者。

10月8日，毛主席签署命令："为了援助朝鲜人民解放战争，反对美帝国主义及其走狗们的进攻，借以保卫朝鲜人民、中国人民及东方各国人民的利益，着将东北边防军改为中国人民志愿军，迅即向朝鲜境内出动，协同朝鲜同志向侵略者作战并争取光荣的胜利。"

19日，中国人民志愿军肩负着祖国人民的重托，在夜幕的掩护下，按照预定计划，从安东（丹东）、长甸河口、辑安（今集安）三地，跨过鸭绿江，秘密进入朝鲜战场，开始了伟大的抗美援朝战争。

这一时刻，注定改变历史。

英雄的丹东人民，立刻投入伟大的抗美援朝运动当中。丹东也成了祖国支援抗美援朝的最前沿。物资供应、后勤保障、铁路运输、电信联络、支前民工，一切一切，都是为了前线。和朝鲜一衣带水的丹东，是志愿军出国作战的出发地，也是朝鲜战场重要的后方基地。众多的部队从这里出发，大量的军需从这里转运，前线撤回的伤病员在这里救治，这也使丹东成为美军攻击的重要目标。

即使面临美军的空袭，鸭绿江畔的英雄儿女在血与火中，与天上的战机、寒冷的江水对抗，你炸我修，反反复复地抢修桥梁与铁路，即使付出生命，也要连接起中朝两国的交通大动脉。

据不完全统计，抗美援朝战争近三年时间，美机入侵丹东领空两万余次，投弹千余枚，造成平民伤亡七百余人，烧毁民房两千余间。

为了减少人民的生命和财产损失，丹东市人民政府一边疏散居民，一边将刚刚恢复的工业拆迁，造纸、纺织、机械、橡胶、被服、烟卷、火柴等工厂纷纷内迁。人们刚刚安居乐业，就被迫放弃家园，举家迁移，工厂生产势头正好，却立刻停产搬家，损失巨大。

越是如此，越是激发丹东人民的爱国激情，提出"一切为了胜利，做到前方要粮给粮，要菜给菜，要血给血，要人给人，要多少给多少，尽全力支持抗美援朝战争"。

在抗美援朝期间，丹东作为东北大后方支援前线的最前沿基地，二百多万志愿军几百万吨军需物资，都是从这里源源不断地运送到朝鲜前线，为抗美援朝战争的胜利做出了特殊的历史贡献。

"英雄的城市，英雄的人民"，志愿军副司令员杨得志就将这句话送给了丹东人民。

抗美援朝，一段以弱胜强、彪炳史册的战争史，一场保卫和平、反抗侵略的伟大胜利。这场胜利，极大提高了中国人民的民族自信心和民族自豪感，中国的国际地位空前提高，为我国的经济建设和社会发展赢得了一个相对稳定的和平环境。

斗转星移，时光荏苒。七十年后的今天，翻开这段历史，英雄的故事仍刻骨铭心，伟大的抗美援朝精神从未走远。祖国和人民从未忘记英雄保家卫国，血洒万里疆场。最可爱的人，永远是那个时代的象征。

本书的主人公就是这样一个最可爱的人，他就是志愿军老英雄孙景坤。在英雄遍地的丹东，他就是这座英雄城市中的一朵浪花。七十年来，他就像这静静的鸭绿江水，汇入茫茫黄海之中，深深地把自己隐藏起来，任凭岁月的流淌，宽容而又深邃地藏下了军功。战争结束后，他志愿回到家乡务农，当了半辈子生产队长。

直至96岁高龄时，他的英雄事迹被丹东市委宣传部挖掘出来，在全国广泛传播出去，引起极大的反响，在纪念中国人民志愿军抗美援朝出国作战七十周年之际，被中宣部授予全国"时代楷模"称号；在庆祝中国共产党成立一百周年之际，被中共中央授予

"七一勋章"。

孙景坤老人始终对自己的功劳三缄其口,哪怕面对中央媒体,也不想多谈自己的功绩。笔者曾与央视记者共同采访过老人家,老人家的眼光深沉地望着远方,每一次回忆,都是重新咀嚼一次痛苦,也是对心灵的一次伤害。我不忍心,只好改成对老人家的子女和周边人的采访,或从资料中找出老人家的事迹,努力地还原老人家平凡而又不凡的人生轨迹。

第一章 新婚别

落户山城村

让我们从公元1940年开始说起吧。

那时丹东叫安东，20世纪60年代才改的名。老安东的城市中心不是完全集中在鸭绿江畔，而是在元宝区，鸭绿江的支流大沙河畔。19世纪中叶，山东、河北等地难民冲破柳条边，在大沙河一带谋生。因沙河口和东尖头是木材和农副产品集散地，交易极为兴旺，市内最早的居民区也就在这里形成，此地也就成了城市的发祥地。

日本占领东北后，安东连接朝鲜的独特地理位置备受关注，1935年成立的伪安东省政府，行政中心就选择在了如今的元宝区的天后宫街，并兴建了伪安东省政府办公大楼。那栋大楼是三层砖木结构，在那个时代，也算是极为奢华的，它见证了日伪当局对安东人民的残酷压榨。

生于公元1924年10月20日的孙景坤，16岁那一年，开始背井离乡。那时，他们一家还没来安东，老家在三百里外的庄河（注：庄河当时隶属于安东）。尽管孙景坤和他的一个哥哥两个姐姐三个妹妹天天勤快地劳作，可还是供不上一家人的嘴。实在生活不下去了，听人们说，安东是个好地方，那里土地肥沃，物产丰饶，只要人勤，饿不着。

反正房无一间地无一垄，无牵无挂，父亲孙文友一副担子挑起了全部家当，带着孙景坤的小脚母亲，向着安东漂泊而去，他们以为"省城"会比庄河好过些。

他们落脚在安东的四道沟，一家人又开始为生计发愁。天不亮，父亲就挑着小挑出去卖点小货，赚一点养家糊口的钱。孙景坤就跟着比他大五岁的哥哥上山打柴，赶到市里的早市上去卖。

哥俩最担心的事情是打的柴火卖不出去。柴卖不出去，就换不来钱买粮，老大不小了，总不能白吃饭，靠父亲养着。没办法，他们只能又像小时候那样，沿街乞讨，找个好心的人家混口饭吃，好有力气

全家到安东讨生活

把柴火背回家，明天再卖，或者干脆把柴火送给舍饭的人家。

尽管那时候的安东物产丰饶，可老百姓只能看着，不能动，那些东西都归日本人所有。日常必需的粮食和生活用品，都归日本人统配，家家户户的日子越过越难，不管谁家种下的水稻、黄豆，家里一粒也不许留下私自吃，否则那就是"经济犯""国事犯"，小孩不懂事，馋了，偷吃一口，就是犯了弥天大罪，许多人只是因为一口大米饭断了性命。有资格吃大米的只有小鬼子（日本人）和二鬼子（帮凶日本的朝鲜人），"满洲人"的口粮是日本人配给的橡子面，吃完干燥得屎都拉不下来。

家家户户如此艰难，手脚勤快的，都是自己打柴，买柴是奢侈的。所以，兄弟二人的柴很不好卖。

俗话说，老天爷饿不死瞎家雀。饿得不行，哥俩就跑到海边的滩涂，抠点海货。

没有网具，也没有赶海的工具，兄弟二人用柳条编个筐，权当捞鱼捞虾的工具。他们挖来的黄蚬子肥美、泥螺脂丰，捉到的飞蟹硕大，虾爬子饱满。哥俩反应敏捷，手脚灵活，一个退潮抓到很多，费了好大力气才背回家。然而，这些海货，壳太多，肉太少，一家九口人，风卷残云，吃完了舔舔嘴唇，虽然解馋了，却没吃饱，肚子照常饿。

偶尔打个牙祭还可以，可零星的小虾小蟹终究不能当成粮食吃。何况赶小海路途太远，走得太累，又太费时，不大划算，还不如给人打工换粮食。

几年过去了，卖柴、赶海、不断地换着大户人家打零工，一大家子的生活依然窘迫。那个年代，莫说是孙家这样一贫如洗的人家，就算家中有几亩地的人家，打出的粮食，还不够交"出荷粮"。日本人为了支撑太平洋战争，已经把中国人算计到骨头渣子里去了。贫苦的老百姓，承受着日本人、二鬼子、汉奸三重压迫。有时，二鬼子比日本人还狠，穷人被压榨得气都喘不过来，他们却天天花天酒地。死人是常有的事儿，大人草席一卷，埋了，立个坟头。若是小孩子死了，装进粪筐里，背到山上随便扔掉，山岗上到处扔着饿死的孩子。

勤劳总算换来了活着，可这种朝不保夕的日子何时是个头？父亲孙文友决定，搬家。穷人总搬家，越搬越穷。可不搬家，哪里才能看到生活的亮光呢？

父亲有个远房侄女，住在二十里外的元宝区蛤蟆塘镇山城村，侄女家条件好一些，有个亲戚能照料一下，总比没头的苍蝇乱闯强。一进山城村，父亲就喜欢上了这里。山城村环抱在青翠的山峦间，浩荡的大沙河绕村而走，一片平川向它敞开宽广的胸怀。父亲决定，就在这里安家，于是，携家带口，投奔了侄女，一家九口人就这样落户在了山城村的孔家沟，租借了两间半草房，结束了漂泊的日子，总算安定下来。

孔家沟坐落在山城村前山与后山夹着的一条沟里。屯子之所以叫孔家沟，就是因为沟里居住着一家姓孔的大地主，整个山城村的土地大部分是他家的，村里的大多数人家，都是他们家的长短工。

第一次土改

1945年8月15日，日本宣布无条件投降。一石并没有激起千重浪，被山坳和河泽包裹的山城村，消息封闭得很，住在这里大多数的人并不知道这是个特殊的日子，也不知道这个日子对于他们来说，意味着什么。孔地主倒是消息灵通，得知日本战败投降，心中惴惴不安，他知道他们孔家巨大的财富，都是倚仗日本人搜刮出来的，如今大树倒了，他们孔家还不知道

最终决定在山城村定居

到哪儿乘凉去呢!

孙景坤感到曙光的到来是在当年的9月3日。那天,他恰巧在街里,安东市举行了盛大的游行,红红绿绿的标语,贴满大街小巷。每个人的脸上,都洋溢着抑制不住的喜悦。21岁的孙景坤虽然不认识那些字,但大喇叭里洪亮的声音他听得懂,日本投降了,黑暗的日子过去了。

安东的山山岭岭,一仗也没打,日本人就投降了,孙景坤有些不敢相信。可他亲眼看到,沿着鸭绿江的山坡上,一幢幢日本人的小洋楼,一座座日本人的别墅,窗户都被木板钉上了,日本人缩在里边,忍受着闷热,不敢出来。他相信这不是做梦了。

还有更明显的事情发生,前几年,只要到街里卖柴,给日本人卖命的税警,追在屁股后边要税,卖柴的钱,有小一半被克扣走了。现在,柴市没人要税了,卖柴的钱可以全部拿到家中,去换救命的粮食。

孙景坤不由自主地汇入游行的队伍中,兴奋地与喜庆的人流一起行走,庆祝抗日战争的胜利。

先来接收安东的,是苏联人。再后来,9月23日,"东北进军先遣支队"抵达安东。这支被老百姓称之为八路的队伍,受党中央派遣,来自山东省胶东区委、胶东军区。他们乘船来到辽东半岛,在庄河靠岸,再从庄河出发,经过了六天的跋涉,被安东地下党带进了城区。这支队伍的领头司令叫吕其恩。

八路刚进安东,还与苏联军队发生了误会,双方都举起了枪,吕司令灵机一动,带头唱起了国际歌。苏联人弄明白了,前来接收安东的人马,是共产党的队伍,他们允许这支八路队伍进入城区,驻扎了下来。穷人的队伍就是与众不同,新成立的安东市保安司令部,不进高楼,不入豪宅,只在元宝区八道沟租用了一座普通的民房,如果没人指点,谁都不相信,司令部居然这么简陋。就在这座简陋的屋子里,八路开始了清算反奸,减租减息,组织恢复生产,清剿土匪运动。

孙景坤对共产党的感情就是从那第一眼形成的。以往拿枪的军队都是耀武扬威,嫌贫爱富,到处勒索的,只有共产党的队伍是个特例,吃得差,穿得破,住得简单,对人和蔼,见到穷人特别亲。

听说八路到了安东,孔大地主一家人丢下田地和房产,带着细软,跑得无影无踪。那时,元宝区成立了第一个党支部,派出党员,组成工作队,来到山城村,组建了贫农协会。赤贫户孙景坤人好,话少,有副热心肠，被工作队相中，吸收进村贫协组织，担任了贫协副会长。

工作队的第一项任务是对孔家进行反奸清算，孔家虽然没人，但东西都在，工作队开始清点孔家家产和土地，先分掉孔家的浮财和粮食，然后再进行土改。

孙景坤被吸收入土改工作队，懂得了什么叫翻身做主，他的工作热情很高。可是，土改工作进行得并不顺利，大家都有顾虑，总觉得孔家有钱有势，跑了不过是避避风头，分了人家浮财，分了人家房产，分了人家土地，万一孔家反攻倒算就麻烦了，谁也不肯出头。何况，与安东市保安司令部同时存在的，还有一个安东市"维持会"，"维持会"的大多数成员是日伪时期留用的伪公职人员，他们明显倾向国民党，暗地里和共产党领导的八路军对着干，等待着国民党军的到来。好不容易脱离了日本人的魔爪，活着不再艰难，多事之秋，人们不想惹麻烦，只图自保。

贫协副会长孙景坤陷入两难之中。

保安司令部名声很大，人数并不多，来自山东的先遣支队没有多少人，后来从本溪支援过来的八路军冀热辽边区十六分区带来了两个步兵连，人数才有所增加。"维持会"经常和司令部闹摩擦。经历过一场战斗,"维持会"才明白,在抗日烽火中成长起来的共产党部队太厉害了。一个照面,以伪满警察为主体的"维持会"就被打个稀里哗啦,主要头目被活捉,彻底地退出了历史舞台。

11月初,安东市民主政府成立,这是辽东人民摆脱帝国主义、封建势力、官僚资本主义压迫,人民当家作主的第一个权力机构。之后,枪毙了伪安东省长,追悼被日伪杀害的死难者,恢复和发展生产,组织织布生产供销合作社。

看到共产党站稳了脚跟,山城村的土改轰轰烈烈地开展了起来。贫协副会长孙景坤协助工作队开仓放粮,分掉孔家的浮财、农具、房产,丈量了孔家的土地。

孔家的房产虽然多,但山城村的穷人更多。按土改政策,孙景坤家属于赤贫,可以分到住房,可是他在村里协助工作队搞土改呢,需要他办事公道,毫不利己,才能让土改工作深得人心。有的人家还住在地窨子里呢,孔地主家的瓦房再好,也没有打动孙景坤,即使是租住的草房,他也把自己算为有房人家。

除了孔家,山城村的绝大多数是无地人家,即或有地,多是山坡薄地或者悬崖陡地,打下的粮食根本不够吃,何况还有日伪当局的苛捐杂税,想混口饭吃,只能去地主家里扛活。有的人家过年的时候,吃上一顿豆腐渣就算是改善生活了。

土改之后,贫苦大众都分到了土地,分到了牲畜、农具,山城村生产的热情高涨了起来。在饥饿中成长的孙景坤,现在终于尝到了吃饱饭的滋味,以极大的热情,投入到组织织布生产活动中。

年底,山城村的土改顺利完成。第二年春,分到了土地人们,撒着欢儿地劳作。秋天,终于收到了自己打下的粮食,尝到了革命的成果。村里传唱起了一首歌谣:共产党是大救星,领导人民闹革命,分田地来打江山,解放大众做主人。

第二次土改

1946年10月,国民党五十二军抵近安东,中共安东市委有序撤离,东满人民自卫军撤到农村开展游击战。随即,国民党成立了安东警备司令部,开始了在安东的反攻倒算。山城村的土改成果被推翻,贫苦的农民,好不容易有了自己的土地,辛勤劳作一年,收获却被剥夺，打下的粮食，全部成了军粮。

稍稍能够得到安慰的是，孔家大地主没有回来，反攻倒算没有像别的村落那样残酷，山城村没有遇到血腥镇压。可对村干部和贫协组织，国民党毫不手软，不杀头，也要抓去坐牢。

国民党的反攻，使刚刚舒展开眉梢的劳苦大众重新跌入低谷，这种鲜明的对比，也让农民深刻认识到，共产党来了穷人翻身，国民党来了穷人遭罪。那段时间，孙景坤过起了东躲西藏的日子。

共产党领导的东满人民自卫军并没有走远，向北去了临江，向西进入山区开展游击战，还有少数人撤退到了朝鲜境内。虽说东北民主联军的主力不在安东，但自卫军与国民党部队的零星战斗时有发生。

国民党为了修筑工事，到处抓兵抓壮丁，山城村的百姓过起了鸡犬不宁的日子。国民党票子毛得没了边，刚刚赚到手的钱，转眼间就一文不值，村里人又过起了饥寒交迫的生活。用不着想就能明白，国民党代表大地主大资本家利益，看不到老百姓所受的疾苦，反倒变本加厉地剥削农民。

山城村东边的山，位于安东西部山区通往城市的制高点上，国民党在山城村周边的山上修筑了碉堡，以为有牢固的工事,就可以一劳永逸。他们没有想到,人心才是最牢固的工事,没有老百姓的支持,碉堡只能成为自己的坟墓。

1946年10月,东北民主联军向国民党发起夏季攻势。新开岭战役歼灭了被称为"千里驹"的国民党五十二军二十五师。1947年6月,第三纵队收复了辽东地区,被国民党占领了七个月的安东,再次解放。

国民党劳民伤财修在山城村周边的碉堡,枉费了心机,成了聋子的耳朵——摆设。

重新找回了主心骨,山城村开展了第二次土改运动。这一次,山城村改贫协为农会,孙景坤担任村农会副会长,开展了反奸诉苦,摧毁封建势力,生产安家运动。有了第一次土改经验,第二次土改更加彻底,轰轰烈烈的程度超过了第一次。

《中国土地法大纲》发布后,土改工作队再次进驻村里,将村子里所有的土地都丈量了一遍,而且还按照土地的质量划出等级,然后再按照全村人口平均分配。孙景坤办事公道,没有私心,第一次土改时,就获得了好名声,第二次土改配合工作队,大家都支持他。村里无论是殷实的人家还是贫苦雇农,大家都分到了一份土地,山城村有史以来第一次真正实现了耕者有其田。

毫无疑问，从军事力量到物资装备，东北民主联军都远远落后于国民党的正规部队，为什么能迅速扭转局面，夺取最后的胜利？土地改革发挥了至关重要的作用。土改，代表了最广大人民的根本利益，出台的政策符合大众要求，封建土地制度从根本上被摧毁了，深得广大民众的拥护，得到土地的农民纷纷支援前线，加入解放战争中。

土地革命推进了解放战争的步伐。

1947年，安东参军者达七万人，临时担架队、大车运输队、送信带路、支前民工不计其数，可以说安东的强壮劳力全员出动，投入到支援前线的战斗中。

七十余年过去，站在今天，回望历史，可以毫不夸张地说，没有当初的土地改革，就没有我们最终的胜利，共产党在东北赢得了农民的支持，也就赢得了战争。安东解放区是支持我军进行解放战争的后方，土地改革对于辽沈战役的胜利，乃至全国的解放，贡献都是巨大的。

新婚别

山城村两次解放，孙景坤的精神面貌焕然一新。从前，累死累活地干，还喂不饱肚子，大地主孔家的粮囤，鸽子飞进飞出，自由地啄食，却不让穷人多吃一口。孙景坤从小乞讨，为了一口吃的，遭人白眼，自尊心受到严重的伤害。

成了主人，能够自食其力，孙景坤的腰杆自然挺拔了起来。

本来，孙景坤就是个大高个儿，长得也帅气，腰杆挺直了，人就更精神了。24岁，在山城村算是个大龄青年，有人张罗着给介绍对象，介绍的是本村的张家姑娘，叫张秀兰，秀兰也不小了，20岁，在指腹为婚的年代，十三四岁就出嫁的，比比皆是。

秀兰的父亲是从山东日照闯关东过来的，勤劳能干，日子过得精明，渐渐地生活水平就赶了上来，置办了几亩土地，养了辆小毛驴车，除了种地，还能拉货送货，能赚几个小钱。张家懂得如何培育孩子，供不起读书，就供学谋生的本事。"家中再有，不如一技在手",父亲把两个儿子送到沈阳学徒,掌握一门技术,工钱不多,也能补贴家用。所以,张家在村里也算得上是个殷实人家。

张家开明、豁达、不保守、不守旧,不让闺女秀兰裹脚,看到孙景坤话不多,很朴实,做事有板有眼,人长得也不错,孙家的父母也是老实厚道人,便认可了这个女婿。孙家曾担心过,家里太穷,别让人瞧不起。张家的父亲却说,都是一担挑子过来的穷人,只要人品好,勤劳肯干,就能白手起家,比有座金山还宝贵。

亲事就这样定了下来。

虽说是媒妁之言、父母之命,两人倒也是情投意合。张秀兰不多言不多语,人长得秀气,一过门,就是埋头干活,孙景坤的小脚母亲,走路都吃力,更莫说是干活了。拿自己的母亲和未婚妻比,确实是大不相同,未婚妻比男人还能干,恰恰弥补了母亲的体力劳动的不足。娶了这样的媳妇,就不愁有人持家干活照顾母亲了。

孙景坤一生最崇尚的就是劳动最光荣。

1947年底,孙家的茅草屋外,响过了一阵炮仗声,张秀兰被正式娶进了孙家,婚礼很简单,只摆了

几桌酒席，村里农会的青年们簇拥着他们，进了洞房。

不管承认与否，孙景坤能与张秀兰结婚，也是土改带来的成果。否则，凭着张家的条件，还有秀兰的长相，提亲的人家非贵即富，不可能和穷小子结婚。土改给山城村带来了翻天覆地的变化，自然也带来了观念的彻底更新。家家有地，没有了穷人的概念，地主成了过街的老鼠。

新婚之夜，别人的夫妻想的是子孙满堂，可孙景坤和妻子在婚前已有约定，结了婚就去参军，保卫幸福生活。

当兵，不是孙景坤一时心血来潮。老人们都说，好铁不捻钉，好男不当兵，那是指过去的兵，是那种兵匪不分的兵，欺压百姓的兵，比如伪满的兵，国民党的兵。共产党的兵就不同了，人民子弟兵，处处为老百姓着想，为穷人打天下，让大家过上人人平等的日子。

此时，东北民主联军刚刚完成冬季攻势，歼灭了沈阳附近的国民党王牌部队新五军，士气正旺，部队在开进中，一面作战，一面发动群众，实行打土豪，开仓济贫的政策。毕竟一直在村里组织土改，孙景坤明白一个道理，一旦国民党打回来，劳苦大众就会受二遍苦，遭二茬罪，这已经被事实证明过了。

想要一劳永逸地解决这个问题，就不能只盯着家乡，要拿起武器，走向战场，彻底打败国民党，保卫革命成果，解放全中国。

孙景坤把这个决定说给家里人时，父母坚决反对，解放了，分了土地，一大家子人，活儿一大堆，主要劳动力走了，谁来干活？新婚的妻子挺身而出，替丈夫干活，替丈夫尽孝。村农会的人也站了出来，说，你们家的地，我们帮助种，只要农忙，先忙孙家。

岳父也反对，哪有新婚就抛下妻子的"负心郎"，子弹不长眼睛，能活着回来，他家姑娘是守活寡，回不来，那就真的守寡了。

土改的成果总归需要人来保护，孙景坤当着村里的农会副会长，他不带头当兵，怎能说服别人？当时的扩兵运动在安东搞得如火如荼，数以万计的青年穿上了军装，走上了战场。可山城村青年报名入伍并不积极，日本投降后，孔大地主家跑得一个人不剩，村里土改的压力没有别的村那么大，也没经历过地主反攻倒算的残酷斗争。

孙景坤觉得，只有自己带头，才能说服别人，调动起全村青年参军入伍的热情。

穿上军装那天，就是部队开拔的日子，那时，孙景坤刚刚结婚才六天。他履行前约，打起背包，告别亲人，舍下新婚的妻子，带着村里的九名青年，跟随东北民主联军的第三纵队第八师，向着沈阳以北的方向挺进，去解放更多的劳苦大众。

大部队离开安东的时候，两千多名民工随军前行，前边有人带路，中间有人运输，后边跟随着支前的民工，浩浩荡荡地出发了。行军的途中，到处呈现着军民鱼水情。

山城村十名入伍新兵，被分配到了不同的部队，战场上，再也没有并肩作战过。许多年过后，这些青年的家属大多成了烈属，加上孙景坤自己，回来的仅有三个人。虽说一声不吭，他还是觉得对不起人家，若是自己牺牲在战场上，什么都不说了，活着回来，总觉得是亏欠，只有一心一意照顾好他们的家属，对他们比对自己的亲人还亲，他才觉得心安。

告别新婚妻子参军报国

第二章　解放全中国

冬季攻势

孙景坤穿上军装的日子，应该在1948年元旦之前，离开安东，元旦到达部队，才算正式入伍。此时，东北民主联军改称了东北人民解放军，孙景坤被编入第三纵队八师二十四团。部队的名称改变了，内涵也发生了变化，意味着共产党领导的人民军队从战略相持进入战略反攻阶段，奋斗的目标明确定位为"打倒蒋家王朝，解放全中国"。

孙景坤参加的第一场战斗是在沈阳的西北。

国民党新五军从新民县城出发，沿着辽河，向北进犯，企图消灭三纵队，减少东北人民解放军对沈阳的威胁。三纵接到的任务是从辽河北岸向公主屯以南之敌迂回，穿插入新五军右翼，切断该军撤退新民的路。

这时,他们遇到一个难题,一场暴风雪过后,天寒地冻,平地积雪一尺多厚。按照预定的方案,绕路过去,路远,雪深,湿滑,跋涉在没膝深的雪野里,很难在规定的时间内赶到指定地点。如果是选择走捷径,从敌人的左、中两路的空隙间直线偷渡过去,并不遥远,但风险很大,弄不好就会暴露目标,贻误战机。

权衡再三,三纵司令韩先楚当机立断,选择了偷渡。

深夜,一轮明月高悬,部队偃旗息鼓,跋涉在雪野里。经过一夜的急行军,他们神不知鬼不觉地穿插到了新五军的背后,到达闻家台之南,切断了敌人向新民、巨流河撤退的通道。

敌人发现三纵队的行踪,为时已晚,他们像一把钢刀,插进敌人的肋骨。新五军处于欲守无能、欲退无路、进退维谷的窘地,成了负隅顽抗的离群孤雁。东北人民解放军其他方向的各纵队相继向沈阳以西、以北地区穿插过来。

此时,八师二十四团已进驻公主屯以西地区,严阵以待,做好了阻击敌人的战斗准备。1月4日拂晓,敌军分两路向五家子阵地发起攻击，遭到我二十四团迎头痛击后向十里铺以南溃逃。二十四团紧追不放，将逃敌歼灭在辽滨塔、水口地区。

随后，二十四团神速攻占了南岗子，又迅速形成对敌包围圈，全团官兵喊出了"坚决歼灭新五军，活捉军长陈林达"的战斗口号。

1月6日午后，二十四团会同七师十九团由东南向安福电、温台发起攻击，冲进村内，与敌人展开激烈巷战。一时间刀光剑影，杀声震天，枪声、炮声响成一片，硝烟笼罩着大地，国民党派来了飞机，对阵地狂轰滥炸。入夜，敌人不时地发射照明弹，给自己壮胆，镁粉的光亮经过白雪的折射，更加耀眼。炮弹、手榴弹爆炸的闪光，像焰火一样，映照着安福屯、温台上空。双方激战至深夜。敌人见势不好，拒守无望，随即溃逃。我主攻部队急行军追赶上来，和阻击部队配合，使敌人陷入前后夹击之中，逃敌被歼。

1月7日拂晓，三纵各路部队，从四面八方包围了温台村，全歼国民党精锐部队新五军，打扫战场时，活捉了敌人中将军长陈林达。

这是冬季攻势开始后的第一个大胜仗。

初上战场，孙景坤真实地感受到了什么叫枪林弹雨。守在五家子阵地，看到晨光中，黑压压的敌人踩着白雪冲上来时，孙景坤的心都跳冒烟了，没开火前，他既紧张又害怕。

碰到这么强的敌人，又是新兵，孙景坤不害怕就怪了。等到真正打起来，他反而不知道害怕了，学着老兵的样子，一枪一枪有板有眼地射击。第一次上战场，孙景坤就不慌不忙，非常镇定，其战场心理素质可谓非同一般。尤其在战场上追击敌人，一点都不胆怯，成熟得像个老兵。

战斗结束了，新五军被全歼，敌军长也被抓住了。连长特别高兴，总结表彰会上，特意表扬了孙景坤，受党教育的农会干部，就是不一样，素质好，觉悟高，既表现出了英勇与机智，也懂得沉着冷静，在学会保护好自己的同时，有效地消灭了敌人。

解放四平

接下来，部队继续向北进发。

连长觉得孙景坤个子高，体力好，肯吃苦，身体又矫健灵活，特别适合当机枪手。机枪是连队的重武器，连队的攻守，全靠机枪火力的支撑，既要懂得节省子弹，又要有效阻击敌人，一般都由有经验的老战士担当。

入伍不到一个月，孙景坤就成了三营七连三人机枪组的射击副手，行军时他扛着枪，休息时他保养枪，作战时他固定枪位。

一个纵队不到一千挺机枪，这挺机枪是他们七连的主要火力。孙景坤刻苦练习，虚心取经，向主射手学习使用机枪的技巧，很快就掌握了机枪的构造，射击的要领，射击的节奏，还有消灭敌人的最有效的手段。

1948年3月初，解放四平的战役打响。四平是连接东西南北满的战略要地，是兵家必争之地。这一次是四战四平，也是四平的收复战。前三次，东北民主联军血沃黑土地，战役结果并不理想。此次四平之战，必然成为战役的焦点，而且事关东北全局，此前毛泽东主席也曾电令过，化四平为马德里，可见其地理位置的重要、战争意义的重要。

此次夺取战略要地四平，就是为了彻底地切断沈阳与长春之间国民党部队之间的联系，进一步孤立长春和吉林。

国民党也下了血本，经过一年的苦心经营，已将四平建设成要塞化、半永久式的坚固城市。城市周边的外围工事，由大大小小的地堡和铁丝网、陷阱、地雷带、土城墙等多种障碍物组成；城区内更是碉堡林立，沟堑纵横。火力配备采用网状配备、火力交叉的方式。有人说国民党军队在防御四平的时候，利用东北天寒地冻的天气，命令士兵在工事上浇水，三九天工事很快就冻住了，子弹打不进去，炮弹也炸不开。

孙景坤就随部队参加收复四平战役，按照战役安排，三纵八师主攻城东。此时，敌人北有长春，南有沈阳，不迅速攻下四平，东北人民解放军就面临着被两面夹击的危险。

攻击战一开始就受到火力点的侧射，突击未成，伤亡很大。主要原因是敌地堡群和暗堡的火力点筑在城墙根附近，十分隐蔽，下面挖有地道和城内相通，每一个地堡群都是由一个中心碉堡和四五个子堡组成，外设铁丝网、副外壕等防御工事，形成独立系统。我突击部队登城时突然受到敌侧火力的阻击。

必须组织火力，掩护部队清除这些暗堡，强行突破城防。

孙景坤所在的二人机枪组是全连的主要火力，自然也成为敌人重点打击对象，主射手牺牲了，他接替上来，子弹飞蝗般密集飞来，身背后的棉袄，棉花四处飞散，等打完仗，站起身，棉袄自动脱下来，只剩下两个袖口连在身上，幸亏时节已过惊蛰，才没被冻坏。

突破到城内，二十四团攻占了七马路和晓东学校，当进至省医院大楼附近时，遭敌火力扫射，在孙景坤的机枪支持下，八连的一名班长，连送六包炸药，将大楼东南角炸开，部队随即冲入楼内，全歼守敌一个营。

攻打四平，不到半个月的时间，孙景坤换了四件棉袄。

蒋军自吹的"坚固的战略要塞"四平，不复存在了。从此，四平彻底回到了人民的怀抱。中共中央获悉四平解放，发出贺电：庆祝收复四平及在冬季攻势中取得的伟大胜利，号召东北人民解放军继续努力，为完全解放东北而战。

解放四平的战役，是我军第一次规模性大战役的胜利，七十多年过后，回想当年的战役，思考东北人民解放军为什么有如此的战斗力，依然能够看出，土改和阶级斗争教育，是战士们不怕牺牲的基础，新式整军运动，让部队发生了一次质的飞跃，提升了军事素质，奠定了打大仗、打恶仗、打硬仗的思想基础。因此，才有了战士们奋勇立功的表现。

孙景坤刚参军，就这样有勇有谋，连长喜欢得不得了。接下来的夏季，辽源练兵，依然以政治整训，军事练兵为主。诉苦运动的大会上，不善说话的孙景坤也张开了嘴，谈起了自己的苦难少年，地主和反动派对人民的剥削，劳苦大众如何生活在水深火热中。

诉苦运动，树立了牢固的阶级观。接下来的练兵，孙景坤更为刻苦，只有练好本领，才能学会战场生存，灵巧地躲避战火，有效地消灭敌人。他与战友们没日没夜地练习爆破、射击、投弹和土工作业等技能。

包围长春时，他已经练出了一身本领。

转战辽西

1948年9月，孙景坤随部队秘密转战辽西，乘坐火车赶到阜新。下了车，他们夜行百里，迅速包围了锦州的屏障义县。

义县古城，是锦州北部的重要门户，打锦州不先

与战友们转战辽沈

打义县，比登天还难。古城高十米，宽四米，城墙十分坚固。城内有钢筋混凝土的核心碉堡群，城外四周是密布的集团地堡，地堡外是三米深三米宽的堑壕，壕外布置有地雷、铁丝网、鹿砦等。

如果一味地强攻，肯定伤亡惨重。为减少伤亡，战前，三纵做了充足准备，各部队制定了挖地洞战术，一直挖到城墙脚下。

那时，东北人民解放军已经有了炮兵纵队，纵队司令叫朱瑞，遗憾的是，朱司令就是在义县战场靠前指挥，触雷牺牲了。

八师配属的榴弹炮五个连，首先清除城东外围之敌，攻打东门的任务落在了孙景坤所在的二十四团。在研究如何攻打东门外的地堡群时，发现其中有一座小碉堡，中间隔着个大碉堡，一般的炮不容易命中，商量的结果是用山炮抵近射击。

把山炮推到敌人的眼皮子底下，需要众多的机枪掩护，孙景坤责无旁贷地承担起了掩护的任务。趁着夜色山炮连把山炮解体，扛着到村西头一户人家，装好山炮，备好炮弹，在西山墙上掏出个洞，对准了那个难对付的小碉堡。

下午，一发发红色的、绿色的信号弹从我军阵地

"嗖嗖"地飞向义县县城的上空。顿时所有的炮火，喷射着火舌，以排山倒海之势，飞向目标。打得大地颤抖，天公失色。我军如此猛烈的炮火，孙景坤还是第一次见到，彻底扭转了我军装备不如敌人的印象。

掩护山炮连的机枪打响了，敌人的子弹刮风般扑向机枪手孙景坤，敌人的炮弹也向着掩护的机枪阵地呼啸而来。一块炮弹皮崩入孙景坤的腿肚子里，他居然不知道。直到山炮连只用两发炮弹炸毁了那座难缠的小碉堡，二十四团从东门北侧突破时，他抱起机枪准备冲锋，才发现已经负伤，那块炮弹皮，至今还在他的小腿里，没有取出来。随后，二十四团向国民党县政府发起进攻，歼灭了东大街以北之敌。

锦州之敌的臂膀——义县，在万炮齐轰中，被斩断了。

10月1日，攻克了义县。此役，孙景坤荣立了二等功，他在战斗中迅速成长起来。

攻打义县的战斗中，一幕幕支前的场景，让孙景坤终生难忘。支前民工浩浩荡荡排在攻城部队的后面。指战员们都感受到了支前的热情，伤员转送、粮秣供应、干粮军鞋、军草马料都由他们承担，甚至攻城用的梯子，盛殓烈士的棺材，都准备好了。仅仅五天，就征兵三千多人，足可以组成一个新兵团。

相比之下，国民党部队只能困守孤城，给养断绝，兵源枯竭，不得不到处抓兵抓壮丁，明显地山穷水尽了。

轻伤不下火线，攻克义县后，孙景坤包扎好伤口，跟随大部队，还是夜行百里，马不停蹄地会师锦州，在城郊接替了兄弟部队的防务。连续几天挖掘工事和激烈的苦战，又经历了一夜的急行军，真是人困马乏，渴得嗓子眼儿直冒烟。

此时，孙景坤所在的八师，隐蔽在城北的果园里，防止敌机轰炸，也借机在此休息。正值苹果成熟的季节，红艳艳的苹果挂着晨露，在初升的太阳的照耀下，鲜艳欲滴。苹果就在嘴边，抻长脖子就能吃到，馋得战士们直咽口水。人民的军队，有铁一般的纪律，一针一线都不能动，何况苹果。指导员想找老乡买，可果园的主人为躲避战火，不知道去了哪里，战士们只能望果兴叹了。

连长命令，各班将落果捡成一堆，腾出空地坐下休息。但是伤员又饥又渴，急需补充营养。指导员冒着犯纪律的风险，从怀里掏出钱，又从笔记本上撕下一张纸，写道：老乡，我们的伤员实在渴得难受，吃了您的几个落果,这钱请您收下。

孙景坤也是伤员,指导员分给他一个苹果。他觉得,那是他一生中吃过的最好吃的苹果,虽然有虫子钻到了果核,那种饱满的汁,那种清香的甜,让他回味终生。后来,这件事登上了纵队的小报,毛主席知道了此事,专门表扬了这支部队。

10月12日凌晨,肃清锦州外围的战役打响,千百发炮弹带着呼啸之声,飞向配水池。配水池系锦州的供水基地,位于锦州城北一公里的小高地,系钢筋混凝土建筑。战前,敌人将池内的水放掉,经过整修,成为非常坚固的堡垒,是整个阵地的核心工事。敌人吹嘘,固若金汤,墙上大书,配水池就是第二个凡尔登,其士兵自诩,守备配水池的都是铁打的汉。

二十四团承担的任务是向城北大疙瘩之敌发起进攻,大疙瘩与配水池的敌人,相互支撑,也是一群亡命徒。大疙瘩的核心工事是一座钢筋混凝土的大母堡,分上下两层,由于年久积土,上面已经长满了草,从远处看,根本看不出是地堡。

激烈的战斗持续了一天,两个据点依然没有拿下来,大疙瘩名副其实地成了挡在二十四团面前的大疙瘩。看着刚刚熟悉的战友一个接一个倒下,孙景坤不顾腿上有伤,抱起机枪,火力掩护爆破组,进攻西南角的地堡。

爆破组吴班长带着两名战士冲了上去,吴班长扛起爆破筒,挟着红旗向前滚进弹坑,借着机枪的掩护,瞅准机会,向前跃进,卧倒,再跃进。忽然,几发炮弹落下,炸起了一股烟雾,等到烟雾散去,却见他们趴在地上一动不动。孙景坤的心跳到了嗓子眼儿,不动就意味着牺牲了。时间一秒一秒地过去了,每一秒都是那么漫长。忽然间,他们一跃而起,将一根爆破筒塞进了敌人的枪眼。瞬间,一股股浓烟从地堡里冒出,敌人的机枪哑了。

没过多久,地堡的机枪又复活了,大母堡分上下两层,消灭了一层的敌人,并没有对另一层的敌人造成致命伤。吴班长倒在了地上,好久都没动弹。

营长刚要再次组织爆破组,忽然发现,吴班长携带上去的红旗在一点一点地移动,如果不仔细观察,很难发现。这只能说明,吴班长没有牺牲,忍受着伤痛,在向前挪。到了地堡前,突然跃起,把爆破筒塞进枪眼。敌人拼命往外推,吴班长毅然用身体堵住,最终与敌人同归于尽。剩下的最后一名战士,扛起那面红旗，跃上了地堡。

攻下了大疙瘩，八师由城北向南推进。锦州战役发起总攻时，他们一直打进了市中心。

许多年后，孙景坤的事迹被披露出来，人们称他是英雄时，他连连摇头，眼含着热泪说，我还活着，活着就不算英雄。是啊，像吴班长这样的英雄，倒在他眼前的实在是太多了。江山是血染的，对于别人来说，是个概念，可对于孙景坤来说，是不堪回首的梦魇，他从来不愿意想起，也永远无法忘记。

解放了锦州，三纵又是马不停蹄，急行百里，参加黑山阻击战、辽西大会战，直至全歼廖耀湘兵团。

辽沈战役，新兵孙景坤能打会拼，作战勇猛，虽然黑山阻击战时又一次负伤，他依然坚持了整个战役，立了一个二等功，两个三等功。

平津战役

1948年11月，中央军委发布命令，统一全军编制及部队番号，东北人民解放军改编成中国人民解放军第四野战军。在锦州修整的第三纵队，改编为中国人民解放军第四十军，孙景坤隶属于一一九师三五七团三营七连。随即，这支"旋风部队"昼伏夜出，迅速从冷口秘密入关，进入冀东地区。

冀东是我党抗日战争的老根据地，部队受到了人民群众的热烈欢迎，村村户户箪食壶浆，腾房、烧水、缝补衣裳，老大娘把红枣、花生、鸡蛋塞到战士们怀里，处处显现出军民鱼水情。没多久，一一九师以迅雷不及掩耳之势进军香河地区，切断敌人北平与天津之间的联络，随即包围了北平，完成了"切而不围，围而不打"的作战任务。

部队行进神速，行动又十分隐蔽，许多敌人小股武装在与一一九师交错行动中被缴械。有的敌人直到被抓住当了俘虏，还喊着误会，根本没弄明白四野已经进关了。后来，敌人总结出了一个经验，戴着狗皮帽子的就是四野，打起仗来，疯了一样。所以，只要听说有戴狗皮帽子的队伍，他们就望风而逃。

12月中旬，从唐山赶往通县的路上，与敌人进行了一场遭遇战，孙景坤又一次负伤。这是他第三次负伤。后来，他负伤的次数越来越多，从渡江战役到打到海南岛，多得他自己都记不清了。轻伤不下火线，如果是重伤，就跟着团部的大车，走到哪就在哪治疗。最危险的一次，子弹贴着他的后脑勺飞过，万幸的是，只是擦伤，手一摸，全是血，他吓出了一身冷汗。

1949年1月14日，四野的五百多门大炮从三个方向齐轰天津，整个天津城顿时全部笼罩在隆隆的炮声和弥漫的硝烟之中。成千上万发炮弹倾泻过来，落在陈长捷自认为固若金汤的城防工事上，整个大地都在颤抖，整座天津城也在颤抖，大量碉堡、暗堡被炸塌，雷场也一片一片地被引爆，铁丝网也被炸得东倒西歪，国民党守军的炮火被完全压制，根本无法有效还击。

天津攻坚战，以陈长捷被俘告终，北平国民党守军二十五万人，陷入了人民解放军的重重包围之中。迫于压力，傅作义响应共产党"停止内战，和平统一"的主张，率部起义，促成北平和平解放，古老的文化古都北京，及全部珍贵历史建筑，完好地保存下来，二百万北平市民的生命和财产，免遭兵燹。

经过接近一个月的养伤，平津战役全面打响时，孙景坤的伤基本痊愈，参加了各次战斗，更加机智勇敢，平津战役他立了一次二等功。

就在北平，孙景坤迎来他的另一个生命，也就是让他终生难忘的政治生命，入伍刚满一周年，接受战火考验的他，被吸收入党，成为一名光荣的共产党员。那时能够入党，是特别令人敬仰的事情，没有经过生死考验，没有资格申请入党。

在指导员的领誓下，孙景坤举起了右手：我志愿加入中国共产党，拥护党纲党章，执行党的决议，遵守党的纪律，保守党的秘密，随时准备牺牲个人的一切，为全人类彻底解放奋斗终生。

孙景坤不会写字，虽然入党申请书是文化教员代写的，可每个字，都饱蘸着自己的鲜血，都是自己的心声，每一句话都是铮铮誓言，落地是钉，他要用一生去履行誓言。

直捣海南岛

1949年2月下旬，孙景坤随部队由北平先遣南下，攻河南、进郑州，向华中南进军。4月初，四十军与四十三军并肩挺进至鄂北地区，牵制白崇禧集团，策应第二、第三野战军渡江作战。5月中旬，于黄冈渡过长江，堵住了白崇禧的主力第七军，全歼之。

孙景坤随部队一路南下，飞渡长江天险，解放武汉三镇，突破湘粤防线，会歼桂系兵团，移驻雷州半岛，途经九省，作为四野的先遣军，一一九师一路打头阵，一路所向披靡，势如破竹。

1950年初的雷州半岛，大军云集。海边帆樯如林，十万大军集结于此。

别看孙景坤对大海并不陌生，也曾经多次赶海，捞海货，但他确确实实是个旱鸭子，不会游泳。面对着惊涛骇浪，他心里发毛了。一路走来，战士们从来没有过惧战的心理，面对着大海和看不见的敌人，他们心里犯起了嘀咕，海上有敌人的铁甲巨舰，空中有凶悍无比的铁鸟飞机。再看看渔民驾驶的木帆船，一会儿被浪尖送到空中，一会儿被大浪摔入谷底，不被风浪掀翻就万幸了，怎能渡过无边无际的大海？

东北虎遇到了新问题。毕竟，一直都是陆战，他们虎啸山林，打多强大的敌人也是虎入羊群；然而，他们未曾龙吟，海上作战怎么打，谁都犯蒙，指挥员也不例外。陆地作战，指挥员可以有个掩蔽所，海战就不同了，无论级别高低，在龙王爷的眼里一律平等。大家议论纷纷，中华人民共和国都成立了,我们还在压后阵,命真苦。也有人说,这回是九死一生,革命到底(海底)了。部队在海边天天吃鱼,常常有人弹碗而歌,鱼啊鱼,今天我吃你,明天你吃我。

孙景坤是党员。一个连队中,党员的人数毕竟不是很多,指导员让他帮助做战士们的思想工作。大家都知道,党员的身份是拿脑袋换来的,都很信服。孙景坤觉得,解决思想问题最根本的办法,就是熟悉大海,他说,当兵前,谁都没摸过枪,一辈子就不会打仗了?船咱没碰过,现在咱就开始练,扯篷摇橹,驾驶木船。

有党员带头,战士们开始向渔民借船出海,夜间航海训练,因为白天有国民党的飞机,炸沉了船,对不起渔民,只能夜间训练。更重要的是,他们习惯了夜战,打海南岛,肯定也会选择夜战。

更巧的是,四十三军的一个班,出海训练时突然风停了,遇到了敌人的铁甲军舰,周旋了几圈后,居然把手榴弹甩上了军舰,打跑了敌人,创造了小木船打大军舰的奇迹。这场遭遇战就成了示范,增强了大家打败敌人的信心。

没过多久,传来了好消息,第一批渡海的一一八

海边思考解放海南岛良策

师成功登陆，与敌人在岛上展开了战斗。第二批渡海已经迫在眉睫，否则一一八师就成了孤军。雷州半岛上弯弯曲曲的海岸线，布满了大大小小的木帆船，樯橹如云，连绵数十里。

然而，万事俱备，只欠东风。战士们盼东北风，眼睛盼蓝了。

1950年4月16日，潮流和风向都适合渡海作战，兵团一声令下，四十军的六个团和兄弟部队千帆竞渡，万船齐发，仅一一九师，就有三百多艘帆船。登船时，夕阳西下，余晖耀眼，辽阔的大海中碧波轻荡。战士的宣誓声、口号声也是此起彼落，慷慨激昂，扣人心弦，令人振奋。两万将士把《渡海作战歌》唱得响彻云霄。

> 千万只帆船千万把尖刀，
> 千万个英雄怒火在燃烧，
> 千万挺机枪千万门大炮，
> 千万条火龙直奔海南岛，
> 千万个英雄奖章在海南岛上光辉照耀，
> 千万面红旗迎着海风飘……

夜幕降临时，十二发红色信号弹腾空而起，木帆船同时扯起风帆，起锚摇橹的声音伴随着越发嘹亮的歌声，使勇士出征的场面格外雄壮。

孙景坤在雷州半岛灯楼角一线启航，预定在海南岛博浦港一带登陆。

当渡海大军前进八九海里时，突见空中闪亮一串照明弹。渡海行动被敌人发现了。

船队在耀眼的白光照耀下冷静沉着地继续前进，敌人的飞机在空中盘旋，不断轰炸和扫射，敌人的炮舰也不停地进行炮击和扫射，海面上一时间弹如雨下。孙景坤一面向敌机、敌舰还击，一面迅速灭掉船上的灯火。

敌舰发射的炮弹和敌机投下的炸弹不断在船队中爆炸，炮弹炸起的水柱在船的周围翻腾，颠簸的船使战士们站立不稳。有些渔船被炮弹击中，一时间，血染海面。一些人负了伤，也顾不上包扎，拼命地划桨，向前冲锋。四十艘土炮艇和机帆船组成护航大队，保护在船队的两翼，展开战斗队形，猛烈地攻击敌舰。

土炮艇冲到离敌舰只有五六十米远时，突然向敌舰猛烈炮击。敌舰指挥塔被击中，顿时燃起大火，升起滚滚浓烟。敌大型军舰再也不敢使用照明弹,以免暴露目标。其余军舰怕成为第二个被攻击的目标,窜到远方海面,盲目射击。敌飞机大概因辨不清海上目标,怕炸到了自己的军舰,也飞走了。

船队通过中流后没多久,航速慢了下来,风停了。各船指战员轮番摇橹、划桨,船队继续向前推进。一弯新月高高挂在天空,在海面上投下淡淡的银光。这是战士们从来没有经过的夜晚,大家都没有说话,却都下定了决心明天要第一个登上陆岸、冲入敌阵,奋勇作战。

凌晨时刻,终于看到了海南岛,然而,他们也进入了敌人滩头阵地的炮轰距离,炫目的火光映照着水柱纷起的海面。

激战中,孙景坤所乘小船被炸弹掀翻,瞬间解体。危急时刻,不会游泳的他,手疾眼快,迅速抓住一块木板,即便如此,枪依然牢牢地背在肩上。他一手紧紧地抱住木板,腾出另一只手,拼命地向岸上划去。

登陆的地方,与计划的登陆点儿有偏差,是在海南岛的临高角地区。

脚终于挨到陆地了,涉过齐胸深的海水,孙景坤回头一看，一个排的战友只剩下十二个人。

只要上了陆地，东北虎的威力立刻显现出来，五连一排的船，是全团第一个扑上滩头阵地的，遇到了敌人的一个大地堡，阻挡住了队伍的前进。滩头全是开阔地，不迅速摧毁这个地堡，部队将面临极大的伤亡。几次爆破均未成功，一排长索性扑在敌人的枪眼上，用生命为全团开辟了一条前进的道路。

战友们高喊着，为一排长报仇，潮水般冲了上去。孙景坤冲在全排的最前头，抢占着每一块阵地。就在这次登陆作战中，孙景坤又一次负伤。

从东北打到海南岛，一路征战，一身落下二十多处伤疤。对于孙景坤来说，每块伤疤都是勋章，都是戎马生涯的一段记忆。

解放海南岛，他又立下了一次二等功。

这些军功章，都是有据可查的，笔者采访时，孙景坤的长子孙福贵回忆道，老人的军功章丢了好几枚，究竟丢了哪一枚，丢的是哪次战斗立的功，老人没去记，也想不起来了。是啊，深藏军功六十载，老人哪能会刻意记住自己的功劳。

军功章能深藏，却藏不住身上的累累伤痕，那是伴随他生命，一生无法抹去的军功章。军功他忘了，伤痛他忍着，唯一不忘的是入党的时间。即使96岁高龄，患病时意识有些模糊，也能准确地说出入党时间。那是经历过硝烟与鲜血的考验，这个身份，他珍惜了一生，哪怕耄耋之年，也在践行入党誓词。

第三章　抗美援朝

跨过鸭绿江

刚刚解放海南岛，部队凯旋北上，原准备到河南洛阳地区整训、生产和学文化。学文化是孙景坤最渴望的，他斗大的字不识一升，渴望着战争平息下来，识字学文化，打仗的时候，他吃透了没文化的苦。

然而，1950年7月以美国为首的多国部队入侵朝鲜，战争爆发。中央军委决定，四十军不再去河南，立刻开赴东北，守卫边防，准备组建东北边防军。

那时，大家只知道去河南整训，回东北的消息还没传达下来。发觉列车冲进了山海关，孙景坤喜出望外，从出关作战，到解放海南岛，一年半过去了，又踏上了家乡的土地。

列车停在了锦州火车站，下了车，部队进入锦州的军营休整。一直奔波在战斗的途中,家里也不知道他的安危,孙景坤求文化教员帮忙写了一封信,向父母、妻子还有亲人报了平安。

一走就杳无音信,妻子张秀兰接到信,哭了。尽管家里的活挺多,毕竟是盛夏的挂锄季节,再忙也能抽出工夫。按照信上的地址,张秀兰坐上一天一夜的火车,赶到了锦州,见到了丈夫。

部队的首长特别体贴人心,腾出自己的宿舍,让他们小夫妻居住。摸着丈夫满身的伤疤,妻子哭成了泪人,孙景坤却不以为然,都是皮肉伤,没伤筋动骨,五脏六腑都好着呢,他身体灵巧,懂得如何躲炮弹,知道敌人要向哪儿打枪,也知道如何保护住身体的要害部位。

结婚时,才过几天蜜月,这一次,他们要把蜜月补回来。

团首长把宿舍让出来当新房,那也是有条件的。打仗打得太久了,当时部队冒出一种情绪:终于和平了,土改分了地,可以老婆孩子热炕头过平静的日子了,朝鲜战争与我们无关,不要引火烧身。团首长给张秀兰一个任务,讲一讲美国飞机如何飞过鸭绿江,轰炸和扫射我国边民的。

张秀兰不善于讲话，团首长会引导，一句接一句唠家常，她便把所见所闻，竹筒倒豆子般，一五一十地说出来。她讲起了美国两架飞机飞进浪头机场上空，机关枪雨点似的扫射，三个在机场里干活的工人，当场被打死了，受伤的还有二十来个人，两辆大卡车被打着了火，烧成了一堆废铁。还有一次，四架美国飞机，沿着鸭绿江上下游来回飞，专找他们认为的可疑目标扫射。好几条渔船被他们打沉，死了四个渔民，还有七八个人受了伤。被炸的民房就更多了，多得数不过来。

首长的总结却很有见识：当初，日本人就借口帮助朝鲜镇压东学党起义，发动了甲午战争，拿朝鲜当跳板，侵略了中国。现在，美国发动朝鲜战争，走的还是当年日本帝国主义的老路，目标是侵略中国，把中国变成美国的殖民地，让我们受二遍苦，遭二茬罪。如果我们坐视不管，就会重新沦为亡国奴。晚打不如早打，长痛不如短痛。

战士们都遭受过亡国奴的屈辱，一番话过后，群情激愤。

缠绵了几天，部队还要集训，打更艰苦的仗，张秀兰恋恋不舍地回去了。

在锦州修整了一段日子，部队开拔，向安东集结，一一九师是最后一个赶到安东的。集结地与他的家只隔着几道山岭，才十几里路，以服从命令为天职的孙景坤，居然没向部队提出探亲的要求，与父母妻子和兄弟姐妹擦肩而过。

10月19日，部队集结在鸭绿江边，在淅淅沥沥的秋雨中，庄严宣誓："我们是中国人民志愿军，为了反对美帝国主义的残暴侵略，援助朝鲜兄弟民族的解放斗争，保卫中国人民、朝鲜人民和亚洲人民的利益，我们志愿开赴朝鲜战场，与朝鲜人民并肩作战，为消灭共同的敌人，争取共同的胜利而奋斗。我们誓以顽强的战斗意志，坚决服从命令，克服一切艰苦困难，发扬革命英雄主义，在战斗中立奇功。"

趁着夜色，四十军悄悄渡过鸭绿江，一一九师是最后一批过江的。此时，朝鲜的新义州一片漆黑，看不到一点光亮，显得更加空旷和冷清，偶尔传来几声惊恐的狗叫。孙景坤回过头，向着祖国，向着家乡的方向望去，对岸灯光闪烁，如繁星点点，滔滔的江水拉长了灯光的投影。

孙景坤觉得，那些光影，就像母亲温柔的目光，慈祥地注视着自己，为自己壮行。这次回家乡，他最大的遗憾是没有在母亲的膝下拜别。

对于"抗美援朝，保家卫国"，没有人比孙景坤感触更深。集结在鸭绿江边的这些天，他亲眼看到美军几乎天天侵入中国领空，肆意轰炸自己的家乡，工厂被毁，村庄燃起熊熊大火，刚刚过上新生活的人们，却瞬间家破人亡，不帮助朝鲜人民赶走侵略者，家乡永无宁日。

再见吧祖国，再见吧母亲，为了您的安宁，我们赴汤蹈火，在所不辞。战士们心里很清楚，面对世界上最强大的敌人，这或许是最后的离别，"风萧萧兮易水寒，壮士一去兮不复还"，此次出国作战，他已经做好了流血牺牲的准备。

过江后，一一九师作为一二〇师的纵深预备队，沿永山、龟城、泰川、云山方向进军。夜雨不知不觉地停息下来，上弦月在云缝中露了出来，向大地洒下清冷的光，空旷的山野更加宁静。部队像一条黑色的长龙，在朝鲜北部的崇山峻岭中疾速穿行。

天蒙蒙亮的时候，部队抵达朝鲜古城老义州，透过迷茫的晨雾，见到满山遍野都是惶恐不安的人群。美国大兵就要打过来了，对战争的恐惧已经蔓延开了，这些朝鲜平民，有的头顶着包袱，有的背着孩

与战友跨过鸭绿江参加抗美援朝战争

子，有的赶着黄牛，有的推着独轮车，在寻找避难场所。

一股苍凉袭上孙景坤的心头，这里已经是朝鲜的最后一片土地了，还能上哪找避难所呢？只有去中国的东北，有个战士编了个顺口溜，表达出了孙景坤的心声：

美帝好比一把火，
烧了朝鲜烧中国，
中国邻居快救火，
救朝鲜就是救中国。

强渡清川江

走到两水洞地区，与敌人不期而遇。部队立刻隐蔽起来，侦察清敌情后，志愿军四十军打响了抗美援朝第一次战役的第一枪。这是一场漂亮的伏击战，也是一场疾风暴雨似的围歼战，志愿军以泰山压顶之势，不到二十分钟就基本结束了战斗，歼灭的是南朝鲜第六师团的一个先遣营。这个先遣营,孤军冒进,想快速地打到鸭绿江边,为所谓的"统一朝鲜"立下首功。然后,依靠新主子,继续当"二鬼子",把战火烧过鸭绿江,到满洲睡"花姑娘"。结果一场遭遇战,打碎了先遣营的美梦,伤亡和被俘三百五十余人,先遣营名副其实地成了"最先被遣散的营"。

遗憾的是,抗美援朝的第一场围歼战不是孙景坤他们团打下的,功劳属于一二〇师。

两水洞战斗刚刚结束,志愿军司令部提出由四十军打温井,阻止"联合国军"逼近中朝边境的鸭绿江,金日成首相非常高兴,直接用汉语表示赞成。10月28日,温井会战打响,一一九师首先在温井地区的立石洞围歼了南朝鲜第六师团的一个营,俘虏了近百人,同时也解救了近百被俘的人民军同志。

这是一场漂亮的分段伏击战,随着温井会战的深入,被抓的南朝鲜军队俘虏越来越多。此时恰巧下起了志愿军入朝作战的第一场雪,纷纷扬扬的大雪,压在了马尾松枝上,松绿雪白,煞是好看。

孙景坤看到,村边山坡的树林里的数百名俘虏在寒风中战战兢兢、瑟瑟发抖。就在几个小时前,他们开着坦克,耀武扬威地向鸭绿江挺进,充当美帝侵略中国的急先锋，做着炮弹打到鸭绿江彼岸的梦呢，甚至还带来了南朝鲜太阳映画社，准备拍下进军鸭绿江的纪录片。没想到，这些电影胶片，还有摄影机、照相机、闪光灯等，都成了我军的战利品。

一一九师从立石洞南下，三五七团在右侧，沿山间小路向宁边、德川方向前进。

前半夜没有月亮，夜暗如墨，宁静得听不到枪声和炮声，山村里也没有犬吠和鸡啼，大地也似乎疲惫地沉睡了。部队一路纵队，像一个无限延长的删节号，井然肃静地超速挺进。为了不让敌人发觉，部队遇到村镇一律绕行。

10月31日凌晨，部队进抵宁边东北的曲波院地区，正在加快速度往前赶，忽然发现左前方山路上走来一支队伍，有好多手电筒明明灭灭地照射着山路。我军没有这么多手电筒，习惯于静默行军，不可能打着手电行军，行军的方向也不对路。连长立刻意识到，敌我双方都在夜间穿插，两军搅在了一起，敌中有我，我中有敌。

抢占有利地形，轻重武器一齐开火，曲波院混战就这样开始了，南朝鲜九师的两个团顿时陷入混乱之中。

此时,师右侧的三五七团,前进到造山洞以南,与敌人遭遇,孙景坤的营长不幸中弹牺牲。全团官兵被激怒了,高呼着为三营长报仇的口号,像决堤的洪水,排山倒海地冲向敌军。敌人立刻溃不成军,三个营开始了抓俘虏大赛,一个连就能抓一百多个俘虏。

被他们三五七团压过去的敌人,跑到了炮兵阵地,炮兵连的炮手们拿着铁锹、十字镐和标志杆,抓了七十八个俘虏。炊事班靠一条挑油桶的扁担,也抓了七个俘虏。

这次战斗的整个过程出奇地顺利,炊事班一条扁担抓获七名俘虏的事迹更是被人们津津乐道,因此这一仗被将士戏称为是轻轻松松地"捡"到了一场胜利。

俘虏太多,当时的营和团都没有人接管俘虏,谁抓的就由谁看管。部队还要向宁边方向攻击,连队继续执行战斗任务,再看管这些俘虏,实在是一大累赘。再说了,我军自己都在饿肚子,拿不出东西给这些饥肠辘辘的俘虏吃。

如果是日军,对待俘虏的方法就简单了,一律杀死。志愿军是仁义之师,喊出的口号中缴枪不杀,执行的是《日内瓦公约》,实行的是优待俘虏政策。可是,我军还在饿肚子,没有优待的条件,怎么办?俘房们看到园子里有没有收的白菜，就给拔光了，发现屋檐下挂着苞米给生啃了。

这样祸害老百姓，让老百姓误会了，以为是志愿军干的，那就麻烦了。没办法，新任命的营长悄悄下令，交代好我军俘虏政策，管不了就放。

孙景坤参加过辽西大会战，有过混乱中追剿廖耀湘兵团的经验，懂得抓俘虏的技巧，抓的俘虏也比别人多。可是，营长就这么下令把俘虏三五成群地释放了，根本不能列入战绩。

抓俘虏的功劳，随着俘虏的被释放，流水一般流走了，可孙景坤并不后悔，被释放的俘虏，就是志愿军的传声筒，会现身说法地传播我们的俘虏政策。事实果然如此，在朝鲜战场上，南朝鲜军队只要一遇到志愿军，一触即溃，马上举手投降，嘴里还喊着刚学会的汉语，"共党万岁"。

一一九师在曲波院这一场混战，打垮了从球场出来、准备驰援云山的南朝鲜八师的两个团，保障了志愿军三十九军的侧翼安全，使友军无所顾忌地集中兵力围歼云山之敌。

抓到的这些俘虏中，还有许多美国骑兵第一师的官兵。师长和很多将士都对一件事大惑不解：顾名思义,既然敌人号称是骑兵师,为什么一仗打下来,从头到尾没见过他们的战马呢?

当时部队有个英语翻译,与美军战俘谈话才了解到美骑兵一师没有战马的真相:原来,美骑兵一师是一支老牌部队,过去也的确是骑马作战的,但随着时代的发展,他们早就把战马给淘汰了,只不过这个番号还被一直沿袭使用。

众人听到翻译这么一解释,这才恍然大悟。也对美骑兵第一师有了更深的了解。原来,这支部队最早组建于美国独立战争时期,号称一百六十多年没有打过败仗。但在这场战斗中,这支不败之师面对志愿军一一九师却输得干干净净,他们的不败神话就此被打破。

一一九师连破美军数道阻击线,将侵略者赶到清川江边。

激战龙水洞

一个月之后,抗美援朝第二次战役打响,此前,也就是11月24日,"联合国军"总司令麦克阿瑟向全世界宣布，发动总攻势，圣诞节前结束朝鲜战争。敌人集中了所有的在朝美军、英军和土耳其军，还有大部分南朝鲜军，向新义州、朔州方向进攻，扬言四天打到鸭绿江。

麦克阿瑟的狂妄，来自其第二次世界大战显赫的战功，对对手的鄙视，来自美国的飞机大炮加原子弹强大的军事实力，根本没瞧得起刚从战争废墟中走出的新中国。然而，上天欲其亡，必先令其疯狂，麦克阿瑟失败的种子就这样埋下了。

毛泽东决胜于千里之外，将骄傲的敌人诱至预定的战场，悄悄地拉开一张围歼的大网，对其突然发起反击。

志愿军司令部下令，一一九师继续向西仓穿插，将美军第二师牢牢地钉在苏民洞地区，使其无法东援。穿插作战，争取的就是时间，需要强渡清川江，此时，江边的水已经冻上了一寸多厚的薄冰，战士们跑得浑身是汗，大多未脱棉衣鞋，直扑入江水中。水冷刺骨，汗水被冷水一激，身体针扎一般疼痛，棉鞋棉裤浸透了水，灌了铅般沉重，每行走一步，非常艰难。

孙景坤不会游泳，走到江中心时，湍急的水流没过了前胸，令他眼晕，呼吸也变得艰难。幸好周边有战友拉着他的手，他一手举着武器，一手被战友牵着，才没被水流冲走。许多年过后，他还回忆着那位战友，可惜的是，那位战友在守备龙水洞战斗中牺牲，他连名字都没能记下来。

深深的战友情谊，就是伸手相牵，相依为命，哪怕只是一天的战友。

月色中，已经看到对面灰白色的冰层与沙滩，再往前看，天连着山，山连着天，一片漆黑。敌人以为这里没有桥，严寒和滔滔的江水是天然的屏障，不可逾越。然而，中国人民志愿军就是这样的一个群体，把众多的不可思议和不可能变成现实，从而演化成战争的奇迹。猛醒过来的敌人首先向江面发射出照明弹，把夜空照射得一片通明，然后火力封锁，机关枪的子弹像红色的火绳，不断地向着江面扫射，炮弹在江中炸出无数个水柱。

战友们高声呐喊着，与战场上的枪炮声比高低，冲上了对岸。可是，上岸后，孙景坤却迈不开步子了，原因是棉裤被冻上了，他用力蹲下，从膝盖处掰断棉裤，继续冲锋。枪栓冻上了，打不响，他撩开棉衣，用全身上下唯一干爽的胸脯焐。后来，干脆用尿浇，化开了枪栓，继续向岸上冲锋。

美国兵做梦也没想到志愿军会神兵天降，月光下，只能四散逃离。有个美国兵刚从睡袋里爬出来，就被一名战士用枪抵住了脑袋，无意间碰到了战士结冰的棉裤，举起双手的同时，向战士竖起了大拇指。

穿过清川江，天气更加寒冷，达到零下二十一摄氏度，战士们只有一身棉衣，就连师首长的棉裤也冻成了冰筒，鞋子冻成了冰坨。孙景坤他们没有时间烤干棉衣棉裤和棉鞋，过了江，直奔高耸入云的妙香山，争分夺秒地往上爬。山势险峻，坡陡路窄，行走十分艰难。一路上战友们攀缘树木，上拉下推，互助前进，当夜就翻过了这座1100米高的高山大岭。

11月25日拂晓，一一九师按时抵达了预定的苏民洞以北的集结地。部队没有进村，都在山林里隐蔽，露营休息，防止被美国飞机发现。

苏民洞地区是一个有上百户人家的较大村镇，铁路横穿东西，公路四通八达，南面是比较开阔的山谷平川，东北和西北各有一座二三百米高的山峰。再往西连接标高为499.9米的大山，山的南麓便是龙水洞。孙景坤所在的三五七团接受的任务就是控制住这个制高点，协同兄弟部队围歼苏民洞之敌。

攻击开始后,全团官兵向着这个制高点疾速冲锋,逐点争夺,虽然遭到敌人重重封锁,但战士们顽强的战斗意志冲垮了美军防守。美军有的举手投降,有的钻进山林,有的落荒而逃。这个能俯瞰四方的制高点终于控制在了我军手中,还缴获了许多好东西。

孙景坤的新营长姓薛,看到这么多缴获来的洋玩意特别高兴,还闹出了个笑话。一直在急行军,水米未进,薛营长太饿了,拿出个精制的小方糕,咬了下去,越嚼沫儿越多,越不是滋味,他不认识英文,不知道那是块精制的香皂。

副团长来了,问有啥好吃的没有。薛营长立刻把香皂给递了过去,副团长也是饥不择食,咬了一大口,嚼了一阵,满嘴是泡沫,才觉出上当了,连忙吐掉。恰巧团长也进来了,看到这么热闹,以为是缴获了啥好吃的,也想尝一尝。

薛营长见到团长打怵,想拿罐头给团长。副团长却拿起香皂谎称是"美国糕点",骗得团长也咬了下去,大家看着团长越嚼越难受,眉头皱起的样子,忍不住地大笑起来。紧张而又艰苦的战斗中,一个欢乐的插曲,凝聚了官兵之间的情谊。

许多年过后,孙景坤见到老首长,还重复起了这个笑话。

失去苏民洞地区的控制，美军就失去了一条重要退路，他们不惜代价往回夺，集中了所有的坦克和大炮，向阵地狂轰滥炸，山顶上冒出团团火光，树被打断，草被打着，石头被炸得满山乱滚。

尽管多次打退敌人的冲锋，如此饱和的轰炸，白天持续作战，对我军十分不利，师部命令撤退。站在山上，看着被我军缴获的坦克大炮和汽车，又被美军拉走，战友们后悔得直拍大腿，后悔没毁了它们。

黄昏后，我军又发挥了夜战优势，三五七团猛打猛冲，美军凭借优势的装备和大量的坦克再次突围逃脱。孙景坤和他的战友们紧追不舍，逃跑的美军慌不择路，有一辆坦克撞到了路旁的房子上，长长的炮管戳进了墙里，后边的坦克又堵住了它的屁股，所有的坦克都进退不得。

天赐良机，战友们集中了火箭筒和迫击炮，猛烈轰击。美军士兵只好放弃坦克，夺路溃逃。宜将剩勇追穷寇，三五七团继续向西追击。一直追到27日天亮，占据龙水洞的美军，出来接应苏民洞溃逃的美军，与三五七团遭遇。

团部命令孙景坤所在的七连，阻击敌人的反扑，掩护大部队继续追击。

太阳越升越高,七连迅速抢占高地,爬上龙水洞的东南山,向前看去,全体官兵惊得目瞪口呆,西南山上敌人的机枪喷着火舌,山脚下的深沟里停着黑压压的一片汽车,二里路远的炮群闪闪发光地发射炮弹。此时,山后的我军挤在一个狭小的地区,还没有展开。一旦龙水洞的东南山守不住,不但拦不住敌人,我军也面临着极大的危险。

双方都意识到了龙水洞东南山的重要性,美军开始抢夺阵地,刚一交锋,美军就败下阵去。这也是美军最致命的弱点,怕死,不敢面对面地战斗。美军最大的优势是炮火,他们用排炮向阵地持续轰炸了二十多分钟,又飞来八架战斗轰炸机,轮番扫射投弹。山岗上硝烟四起,烈焰腾腾,一米之内分不清谁是谁。

炮声刚停,敌人集中了一个多连的兵力,猛扑上来,六挺重机枪喷射着火舌,掩护美军的冲锋。战斗在最前沿的是三五七团七连一排的战士,他们用血肉之躯阻挡着敌人的钢铁倾泻,仅剩下十五名勇士,他们用钢铁意志铸成铜墙铁壁,战斗了整整一个白天,天黑以后,全排只剩下了一名右臂负了重伤的战士。

战友们的舍生忘死,让孙景坤打红了眼,为战友

与战友们坚守阵地

报仇的欲望，无可遏制地激荡在他心中，他已经忘了生死，顽强地坚守在阵地，弹片击伤他的左臂，留在了骨头里，他没退缩，依然坚守在阵地，用右手一颗接一颗地往外甩手榴弹。弹片击中他的腿部，将他的腿贯穿出个大洞，肉都烂了，简单包扎后，他操起枪，单手射击，决不让敌人冲上阵地。就这样，他一直坚守到天黑，才被增援上来的战友抬下了战场。

又经过一夜的激烈争夺，龙水洞仍然牢牢地掌握在三五七团的手中，美军强攻不成，只好退去。

第四章　两次入朝

回国疗伤

这一次，孙景坤伤得不轻，动弹不得了，想轻伤不下火线也不行。朝鲜战地医院条件有限，加上天气极为严寒，不适合治疗，被强行送回祖国疗伤。

救治孙景坤的医院是志愿军总医院（现中国人民解放军联勤保障部队第九六六医院），这个医院上接镇江山（现为锦江山公园），下行不远，就是鸭绿江。从朝鲜战场上撤下来的伤员，回到国内，立刻就能入住医院。

许多伤员，就是因为能够及时抢救，才转危为安。

对于这座医院，孙景坤并不陌生，这里原来是日本人的满铁医院，他曾被强迫拉到这里给日本人无偿献血。光复之后，医院才为人民所用，开始接收辽东军区的伤员，治疗当地的百姓。

孙景坤记得，和他一同回国治疗的伤员，都是第二次战役受伤的，乘坐一列火车送过鸭绿江的，大概六七百人。美国的飞机大炮太厉害了，沾到边儿，就没个好，许多伤员缺胳膊少腿，疼得一路都在呻吟。像孙景坤这样"全须全尾"，只是受到了枪伤的，还算幸运的。

志愿军总医院的条件，比起解放战争时期四野的医院，不知要好上多少倍，医生的医术也高，加上孙景坤的身体素质好，手术刚过一个星期，他就能拄着双拐下地活动了。

住院期间，有抬担架的支前民工认出了孙景坤，就把他受伤的消息传到了山城村。妻子听说，马上到医院来，要求陪护。医院管理得很严，刚刚解放，国民党特务层出不穷地向安东渗透，得处处防备着有坏人混进来。妻子能进来，也是费尽了周折。

病房里有暖气，暖和得很，妻子脱下了厚重的棉衣，孙景坤发现妻子的肚子微微隆起，显而易见，怀孕了，他即将当爸爸了。即将初为人父的那种兴奋，是抑制不住的。

妻子说，蛤蟆塘镇上有人去朝鲜，负了伤回来，出了医院就复员了,不回朝鲜了,伤好了,你也别走了,我害怕孩子生下来没有爸爸。

孙景坤说,我是党员,能不能留下来,我自己说了不算,听党的。

妻子接下来申请陪护,医院没有答应,他们有护士有医生更有纪律,不允许家属留在医院照顾。

孙景坤更心疼的是母亲和一家老小,母亲的小脚,走路都吃劲儿,屋里屋外的许多活儿,都没法干,全指望妻子呢。他哄劝着妻子,他们是为国作战,医院会无微不至地照顾伤员,让妻子安心回家,照顾好家人,保护好胎儿,肯定能凯旋。

妻子听得懂,丈夫还要回战场,便洒泪而别。

身体稍好些,孙景坤能在医院的院落里走动了,他看到,医院屋顶,挂着红十字的标识,墙上刷着标语"一切为了前线,一切为了伤病员",护士们冒着严寒,跑着出去接送伤员,伤员转运车一辆接着一辆,根据伤病的情况,分转到其他医院。比如,虽然保住了性命,还需要大手术的,火车运送到沈阳。比如从宽甸、长甸沿一百六十华里鸭绿江转送过来的伤员,住进医院,马上处置。地方医院的外科医生,也被动员进医院,参与伤员的抢救。

孙景坤还看到，除了志愿军伤员，还有部分朝鲜人民军的伤员，医院在发扬国际共产主义精神。

身体再好一些，医院允许孙景坤去外边走一走，他挂着双拐，转进旁边的小巷里。他看到，路的两旁，高大的银杏树冠虽然落光了叶子，依然交织在一起。他记得，晚秋时节，银杏树叶铺满在路上，积成了厚厚的一层黄金大道。深冬季节，树叶不再金黄，零零落落点缀在白雪上，仍然十分好看。巷子的两侧，有几家小餐馆，经营安东独特的小吃：有的卖细腻爽滑的酸汤子，有的卖正宗的朝鲜冷面，还有的炖少刺无腥的鸭绿江媳妇鱼，当然也有小海鲜店，黄蚬子、面条鱼、海参、泥螺、虎头蟹、梭子蟹、对虾、海蜇，应有尽有。

抬头看看镇江山，山那头，再过几座山，就是他的家乡山城村了，山城村虽然没有这些独特的好东西，可山城村也有别人没有的好东西，那就是温泉。战场上一身伤，最适合回家乡泡泡温泉，减轻些伤痛，体验一番滑润舒畅的温暖。

可是，他急于返回战场，恋家会消磨他的意志。

走到宽敞的大街，是另一番热烈的场景，安东人再一次掀起了参军入伍的高潮。安东人参军入伍的多，是因为他们对"保家卫国"这个概念体会最深，如果不是毛主席英明决策，美国佬早就打过鸭绿江，把战火烧进他们的家乡了。为了国家，毛主席把自己的大儿子毛岸英都豁出去了，牺牲在朝鲜战场，领袖都带头了，更何况我们百姓。于是，安东的街头呈现出了父母送子女，妻子送丈夫，兄弟争相参加志愿军的场景。还有解放军指战员纷纷要求转为志愿军，学生、工人、农民踊跃报名参加志愿军，奔赴朝鲜战场。

这些新入伍的志愿军战士，戴着大红花，高唱着全国上下最流行的歌儿《打败美帝野心狼》：

> 雄赳赳，
> 气昂昂，
> 跨过鸭绿江。
> 保和平，
> 卫祖国，
> 就是保家乡。
> 中国好儿女，
> 齐心团结紧。
> 抗美援朝，
> 打败美国野心狼！

雄赳赳,

气昂昂,

跨过鸭绿江。

保和平,

卫祖国,

就是保家乡。

中国好儿女,

齐心团结紧。

抗美援朝,

打败美国野心狼!

雄赳赳,

气昂昂,

跨过鸭绿江。

保和平,

卫祖国,

就是保家乡。

中国好儿女,

齐心团结紧。

抗美援朝,

打败美国野心狼！

　　除了新入伍的志愿军战士，在入朝作战的志愿军背后，是数不清的新中国的人民。成千上万的铁路员工、汽车司机、医务工作者和大批农民，组成运输队、医疗队、担架队开赴朝鲜前线，担任各项战地勤务工作。大批武器弹药源源不断地运往朝鲜前线，大批的物资补给抢先支援到朝鲜战场。

　　仅仅在安东的街头一角，孙景坤就看到了如火如荼的抗美援朝运动，他激动万分，心又飞到了朝鲜战场。

　　养伤过了一个月，可以扔掉拐杖了，孙景坤完全可以申请回家休养一段，过完春节再走。根据他的伤情，也可以申请复员。但他是党员，若是贪生怕死，就不会参军入党了。

　　1952年元旦刚过，孙景坤的心就长草了，他仍然没有回家看一眼，心里时刻惦念着在朝鲜战场的部队和同生共死的战友们，伤还没好利索，他就提出归队申请。然而，医生的治疗还没有结束，让他老老实实地待着。

　　医院不同意出院，不给出手续。连长、营长都远在朝鲜战场,没法向他们请示归队,孙景坤来了犟劲儿,直接去了镇江山,找到了志愿军指挥所。指挥所坐落在山坡上,林木浓密,风景秀丽,背靠镇江山,面临鸭绿江,曾被评为满洲八景,也是十分隐蔽的处所。山坡上树林间,错落有致地分布着四座漂亮的小洋楼,属于日式风格,尖顶、白墙、窄窗,木制阳台,是日本殖民时期,日本满铁附属地留下的。

现在,这里是志愿军的指挥所。孙景坤想得很简单,找到总部,想提前归队,就是大首长一句话的事情。然而,指挥所不再戒备森严,志愿军彭德怀总司令根本没住过这里,早在志愿军出国作战之前,彭总就秘密从河口进入朝鲜,靠前指挥作战了。真正的志愿军司令部已经搬到了朝鲜,这里人去楼空,只有指挥所的名称,不再具有指挥所的功能。

孙景坤白跑了一趟。

既然志愿军指挥所找不到能批准他归队的人,那就找管他们四十军的十三兵团。孙景坤又去了英华山。那里是十三兵团炮兵指挥所。这是座隐蔽的地下指挥所,洞口由钢筋混凝土构成,里面的各个指挥所都在山洞里,外边隐蔽得没有一点儿痕迹,不过是座矮山而已,即便美军的侦察机再敏锐,也发现不了。

指挥所里，大家都在忙碌作战大事，没时间接待一名想回到战场的战士。

医院最终从指挥所找回了孙景坤。他的执着感动了医生，最终医生告诉他，想提前回到前线，去志愿军留守处，只要留守处同意，医院就给他开出院的手续。这回，他终于找对了批准他回前线的地方。

留守处忙而有序。孙景坤报上名来，就有人递过了一双鞋，那是妻子点灯熬油给他做的，知道他回朝鲜，行军打仗费鞋，在照顾一家老小的间隙，起早贪晚给他缝制的。他默默地将妻子纳的鞋包裹进自己的军装，还求留守处的文化干事帮他写封信，留给他的妻子，信的内容是交代家里的一些事情，就连孩子的名字都想好了，如果是男孩儿，就叫福贵；如果是女孩儿，就叫美丽。新社会，穷人翻身了，男孩子有福，女孩子漂亮。

留给妻子的信，装在了他留给家里的军装里，信里都是些大实话，文化干事边写边哭，他听明白了，孙景坤把衣服权当自己的遗物了。他明确告诉家里，死也要死在朝鲜，如果找不到遗体了，就做个衣冠冢，坟里埋件衣服就行了。他去为国尽忠，妻子在家尽孝，他们小夫妻，忠孝两全了。

二次过江

孙景坤又一次来到鸭绿江边。此时,鸭绿江下桥(今鸭绿江断桥)已经坍塌,不再是刚刚入朝作战时的模样。两个月前,也就是抗美援朝第二次战役打响后,美军出动九十架(次)B-29轰炸机,对鸭绿江下桥进行了持续二十余天的狂轰滥炸,朝鲜那半边已经被美国飞机完全炸毁,只剩下几个光秃秃的桥墩子,还有三座桥墩被彻底炸塌。

这座桥是日俄战争结束后,日本为殖民朝鲜和中国东北时修建的,耗时十余年,是当时世界上最坚固的桥,能防备巨型大炮的轰炸。然而,美国飞机的航空炸弹威力更大,如此坚固,也没逃过密集的轰炸。

靠近安东的这一侧,虽然没被摧毁,浅蓝色的桥身,青褐色的钢梁,却也是弹痕累累,桥身因被炮弹轰炸还变了形,半边断桥也成了险桥。

这条连通前线与后方的大动脉,被迫中断。

相对完整的是距下桥北侧百米的上桥(今中朝友谊桥),下桥被炸毁后,公铁共用的上桥成为中国支援朝鲜前线的交通大动脉,美国为切断中方供给线,实施了严密的空中封锁,只要发现驶入朝鲜的列车,就会遇到追踪式的轰炸。

面对着敌机对上桥的狂轰滥炸,孙景坤看到,铁路职工和志愿军官兵,冒着严寒,一次次舍生忘死地抢修。白天,这条钢铁大动脉静悄悄的,看不到任何汽车与火车。夜晚,志愿军部队和运输车队,熄灭了车灯,在夜幕的掩护下,悄悄地驶入朝鲜。这条炸不断的钢铁运输线,一直在发挥着重要的作用。

从朝鲜回来时,孙景坤强忍疼痛,都不知道怎么过的江。现在,他的身体基本上恢复了,扛枪打仗行军,不再是难题,寻找部队的愿望更强烈了。

志愿军留守处没有安排孙景坤他们从鸭绿江上桥过江,美国飞机紧盯着这里呢。我们的空军飞机太少,无法压制住美国空军的优势,重返战场的战士要走秘密通道,不能行进在危险中。

就这样,孙景坤来到了大沙河与鸭绿江的交汇处,这里有一条铁路从沙河镇站接轨过来,通过江心岛,直达新义州。这是志愿军工程兵新修的,是木桩基,工程兵战士破冰入水,整齐地把木桩截断于水下,上面再铺上钢梁框架,这是一条水下隐蔽的铁轨，火车轧过冰面驶过鸭绿江对岸，从空中根本发现不了水下还有一条铁路桥。

志愿军的坦克就这样一批批地运送过去，伤员也从对岸一批批地运送回国。莫说是敌人，就连生在此处，长在此处的孙景坤，也是才知道，从自己家乡的小河汇入鸭绿江的河口，就是他回到祖国的地方。现在，他又踏着这条路，重返战场。

坐上闷罐火车，孙景坤第二次跨过鸭绿江，奔赴前线，追赶部队。

白天火车停在山洞里，夜晚不开车灯，摸黑疾行。火车司机早就练出了火眼金睛，既能保持车距，又不能让后边的火车追尾。尽管如此，也要时刻提防美国飞机。美国飞机经常放出照明弹，在黑夜里追踪列车的踪迹。每逢这时，火车与飞机就会展开速度的游击战，火车时快时慢，想方设法甩掉美国飞机的追踪。

美国飞机频繁地侦察飞行，火车最终没能摆脱轰炸。车身剧烈地摇晃着，一股热浪冲了进来，火车再也无法行进了。走也要找到部队，孙景坤犯起了一根筋，走也要走过清川江，尽管路途坎坷，他还是一如既往地寻找自己的部队，片刻不停。

到了清川江才知道,这里已经不再是战场,这里重新回到了朝鲜人民手里,部队根据战事安排,已经转战离开了,孙景坤扑了个空。

接着往前追赶,追到了平壤。此时的平壤,满目疮痍,到处是废墟,流离失所的人们,正陆陆续续地赶回城市。当地政府忙着安置居民,安葬被南朝鲜当局屠杀的"政治犯",被美军扫射和屠杀的妇孺百姓。

志愿军的大卡车川流不息地运输城市居民急需的生活物资,当地的人民眼望着志愿军的卡车,用刚学会的汉语呼喊,毛主席万岁。

然而,即使找到了朝鲜的首都,孙景坤依然没有找到部队的下落,朝鲜人民军也不知道四十军的去处,更何况语言不通、交流不便,他困在了平壤。他不知道,四十军进军神速,此时已经攻下了南朝鲜的首都汉城,执勤在到处是汉唐风格的街巷里。

孙景坤与部队失去了联系。志愿军平壤办事处特别繁忙,不可能单独安排他一个人归队,只能将他划归到回国的队伍里。他没有了选择的余地,只好第二次回国。

回到安东,找到志愿军留守处,终于弄明白了部队的具体位置,也找到了开往前线的列车。两天后,孙景坤再度出发，第三次过江追赶部队。临走之前，再次回头看了看家的方向，他只有一个信念，只有打了胜仗，才能回家过好日子。

三别家乡、三次渡江，孙景坤用行动践行着一名志愿军战士的卫国意志。

第五章　三八线

不见面的战争

追到了北汉江，孙景坤总算追上了大部队。第三次战役，志愿军把世界上最强大的敌人赶到了三八线以南，士气高昂，战士们迈着整齐的步伐，齐声合唱：我是一个兵，来自老百姓，打败了日本狗强盗，消灭了蒋匪军。我是一个兵，爱国爱人民，革命战争考验了我，立场更坚定。枪杆握得紧，眼睛看得清，敌人胆敢侵犯，坚决把他消灭净。

是啊，这些战士，都来自老百姓，包括孙景坤自己，也都是普通老百姓。这群由老百姓组成的百万大军，为什么有如此强大的战斗力，以血肉之躯打败了以美国为首的"联合国军"，就是因为共产党心中装着人民，不打败美帝野心狼，土改的成果就会付之东流,老百姓就会重新回到水深火热之中。那句"天下穷人是一家,团结起来打天下",在战士之间广泛流传着。

这就是战斗力的源泉。

有人不止一次地做过实验,被美军轰炸过的阵地,平地削掉三尺,岩土都被炸成了碎石,抓一把,都浸满了鲜血和肉末,数一数,弹片比碎石还多。即便如此,血肉之躯照样能打败美军的钢铁倾泻,靠的就是战士们钢铁般的意志。

孙景坤就是这些钢铁战士之一,他唯一遗憾的是,没能参加气势如虹的第三次战役。

战友们看到孙景坤回来了,高兴极了,这个帅气的大个儿,教会了他们如何猴子般跳跃弹坑,躲避美军炮弹,战场经验丰富,记不清救过多少七连战友的命。

回归部队的第一场战役就是血战砥平里。

1951年2月13日,志愿军各部对砥平里之敌发起了攻击。按照兵团的命令,第四十军一一九师从北面和东面向砥平里的守敌发起攻击。

15日,美军增援部队赶到,如果不迅速歼灭敌人,战事就会进入胶着状态。敌人已经形成据点防御，我军炮火又少，强攻对志愿军十分不利。此时，新任"联合国军"总司令李奇微就是想拉长我军的后勤补给线，攻击我军弱点。彭老总当机立断，既然不能歼灭敌人，就撤出战斗，转移到安全地区，以逸待劳。

就这样，突击过三八线以南的一一九师，放弃了砥平里，撤至汉江北岸。

至此，第四次战役第一阶段作战结束，标志着志愿军战略进攻大规模、大踏步、大纵深运动战的结束，以阵地防御战为主的战略相持阶段来临。

四十军撤到平壤，执行战略整训任务，孙景坤所在的部队，在上高洞地区休整。

第四次战役是孙景坤所经历的，打得最为艰苦的战斗。暂时离开了炮火连天的战场，后退转移时，后勤供应不畅，炒面快吃光了，弹药也不足，奔波得极为疲惫。美军倚仗着现代化的优势装备，快速突击，占了一些便宜，立刻开始了心理战。他们用飞机广播喊话、撒传单、撒通行证、撒食品和日常用品，宣传所谓的"民主自由"。

原以为，美军怕死，一触即溃，并不知道，美军的宣传攻势也挺厉害，一批台湾国民党的民族败类，充当起了宣传的先锋。是毛主席和彭老总的运筹帷幄，抓住敌人骄傲自满的毛病，巧妙地运用运动战，两次成功地瓮中捉鳖，才把敌人打得丢盔卸甲，敌人没有机会进行反宣传。

进入阵地相持，志愿军装备差的短处就显露出来，尤其是吃不饱穿不暖，那是明面摆着的事实。提高战士们的思想认识，增强指战员的政治免疫力，已经迫在眉睫。敌人的宣传单不看，食品不捡，可疑物不碰。

整训期间，除了突击军事训练，部队开始了思想教育，克服速胜的思想，不能盲目乐观，不能有"从北到南，一推就完""用不完一盒牙膏，就能打完朝鲜"的自满情绪。更不能胜利时趾高气扬，困难时垂头丧气，要做持久作战的准备。

毛主席说过，武器是战争的重要因素，但不是决定因素，决定因素是人，不是物。美军的装备确实厉害，但他们打的是非正义的战争，钢多气少。一方面要正视敌人的凶残和顽固，另一方面，也要树立必胜的信心。所以，部队大张旗鼓地宣扬开了英雄模范事迹，表彰战斗功臣，总结作战经验，在战略上藐视敌人，战术上重视敌人，讲究战术，以己之长，攻敌之短。

表彰大会上,军首长表彰了三五七团七连,赞扬了他们的龙水洞精神。虽然没有点名表扬孙景坤,他也是这个荣誉集体的成员之一,也值得自豪。

接下来,开展了揭露美帝侵略本性的阶级教育,战士们气愤地回忆从平壤到三八线进军的路上,美军犯下的累累罪行。孙景坤没经历过第三次战役,前两次战役都是在崇山峻岭间穿插,没见过多少朝鲜老乡,听到战友们的控诉,也是义愤填膺了。

战友们回忆道,敌军强迫朝鲜人民随军撤退,却不管人民死活,随意开枪和开车碾压这些朝鲜乡亲。公路两侧的积雪上,经常看到妇女、老人、孩子僵卧的尸体。有的怀里还抱着婴儿,被坦克碾压得像一张薄纸,仅剩下黑紫色的人形。

还有一次夜间急行军,从前面断断续续地传来小孩的哭声,声音凄厉、嘶哑,连长让一名战士过去看看。原来,公路旁卧着年轻的妈妈和她的孩子,美国强盗的子弹已经打碎了妈妈的脑袋,雪花落在身上,快把她们埋住了,只有小孩子的黑脑袋偶尔抬起。那个孩子只有一岁多,脸冻得发黑,眼泪结成了两道小冰碴,再在雪地里冻着恐怕就活不到天亮了。战士们忙把孩子抱在怀里温暖着,把炒面用凉水拌成糊糊,孩子饿坏了,急不可待地吃了下去。

部队继续行军,可哪有带着孩子急行军的。最后,翻译找来了一位姓金的阿妈妮,把孩子交给了她抚养。

最惨的一次,战士们行军路过一座防空洞,洞口躺着四个小孩儿,身旁躺着两个大人,旁边有一堆卡宾枪的子弹壳。不远的松树林里,躺着一个朝鲜姑娘,短小的上衣被撕烂,被割掉乳房的胸脯袒露着,血已凝成黑紫色,下身的长裙被扯下,隐密的私处无遮无拦。姑娘眼睛大睁,嘴半张开,脸色雪一般苍白。显而易见,姑娘是遭遇强暴之后被杀害的。走进防空洞,打开手电,更加骇人,老人、妇女、吃奶的孩子,尸体东倒西歪,多得让人下不去脚。

一路上,村村都有美军的暴行,寨寨都是残垣断壁。

孙景坤虽然没有亲眼看到美军的暴行,听完战友们的控诉,仿佛觉得,自己的家乡也在经历着如此的苦难,更加痛恨无恶不作的美帝,更加同情灾难深重的朝鲜人民,国际主义的情感更加浓厚。

战争,让朝鲜变得更加贫困,粮食等物资奇缺,孙景坤每天都饿着肚子，为的是省下几两粮，捐赠给朝鲜群众，他理解的国际共产主义精神，就是自己少吃一口，多给朝鲜老百姓一口救命粮。帮助老百姓种地，更是孙景坤的拿手好戏，他本身就是好的庄稼把式，尤其是土改之后，见到土地格外亲。

那时，抗美援朝运动在国内波澜壮阔地开展起来，大批来自祖国各地的新兵充实到连队中。孙景坤被提拔为七连一排副排长，带着新兵，突击军事训练，教新战士夜间攻防战、火力配系、步炮协同、通讯联络、反坦克等。

最让孙景坤欣慰的是，部队的装备提高了，增加了苏式武器，有了打飞机的高射机枪，增加了无后坐力炮，每个班都配备了火力强劲的转盘机枪。最让他欣喜的是苏联支援的水连珠步枪，枪声清脆如水珠连续掉落，射程远，配备瞄准镜能打准四百米开外的目标。

孙景坤眼神好，枪法准，把这样称心如意的家伙什，看成心肝宝贝，抱着都嫌离得远。

细菌战

三八线的拉锯战还在持续,谈谈打打,打打谈谈。四十军虽然没在最前线,还在后方休整,可另一场不见面的战争已经打响。

1952年1月底,朝鲜半岛正值寒冬腊月。美国飞机多批次出现在志愿军的阵地上空,出人意料的是,他们没有像往常一样俯冲投弹,转圈就飞走了。美国飞机不投弹,真是咄咄怪事,战士们满脑子画着问号。

美军飞机飞走后,雪地上出现了极为反常的现象,发现了大量的苍蝇、跳蚤、蜘蛛、蟋蟀,还有些昆虫形似虱子、黑蝇或蜘蛛,但又不完全相似,连当地的朝鲜居民都不认识。

朝鲜北部的冬天,天寒地冻,昆虫不是蛰伏,就是冻死了,雪地上突然出现这么多昆虫,明显又不是本地原有的昆虫,有悖于常理,究竟是怎么一回事?因为志愿军前线没有化验细菌的设备,初步判断,此虫发生可疑,数地同时发生,较集中,密集度大,可能是敌人散布的细菌虫。

没过多久，志愿军战士中发现霍乱、斑疹、大脑炎等病症，虽无法确定是美军所投放细菌引起，但已有战士死亡。后来的情况越来越严重，当地的朝鲜居民也传染上了霍乱，上吐下泻，死亡率极高。霍乱原本是在夏季传染，怎么会在冬季发生？

还有一个村子，六百多人，患有鼠疫的快有一百人了，死亡率将近一半。情况越来越严重，特别是死亡情况出现，已经开始在中朝部队和朝鲜居民中引发了恐慌。

志愿军医务部门终于给出了科学的答案，美国飞机撒下的昆虫，含有大量的鼠疫、霍乱和其他致病细菌。事实证明，战场上黔驴技穷的美军，已经发动了细菌战，严重威胁中朝两国军民的安全。

美军的一份报纸曾毫不隐晦地说，细菌、毒气是最廉价的武器。

日本投降时，在我国东北投放了大量的鼠疫病菌。当过村贫协副会长的孙景坤，经历过当年的东北大鼠疫，他懂得如何组织人员应对。四十军以营为单位，立刻组织消毒灭菌，大搞卫生。军营内外，到处燃起了焚烧污染物的篝火，到处都是覆盖消毒的生石灰，到处都飘着来苏水的味道。

孙景坤带着战士们开展了新的竞赛，清理垃圾、保护水源、疏通渠道、打扫卫生，灭蝇、灭蚊、灭蚤、灭虱，清除所有的细菌媒介物。全排人尽其才，制作捕打工具，喊出口号"打死一只老鼠等于打死一个美国侵略军，消灭一只苍蝇，等于消灭一个李伪军（南朝鲜李承晚的部队）"。他还带着战士们因陋就简地搭建了澡堂，让全排战士改变卫生习惯，定时洗澡、换衣、理发、剪指甲，搞好个人卫生。

与此同时，祖国人民送来了大量的消毒粉，鼠疫、霍乱五联疫苗，迅速给前线战士接种，扑灭了疫情。

彭德怀一针见血地指出，细菌战对美国来说，在政治上乃是一个极大的失败。美国把自己的文明面具摘掉，让全世界人民清楚地认识到了它那极端虚伪、野蛮的嘴脸。

开赴前线

1952年4月，经过一年的休整，四十军兵强马壮，重返前线，接替兄弟部队的防务，驻守三八线。

227高地是三五七团三营接防的高地之一，对面的敌人就是美国的帮凶英军二十九旅，四十军的老对手，第二次战役时，被打得屁滚尿流。

227高地是突入敌人纵深的一块独立阵地，就像一颗钉子，钉在敌人的咽喉上。英军也观察到志愿军正在换防，趁着我军立足未稳，阵地情况不熟，急于夺下这块高地，破例在夜里进攻。幸好十二班的战士警惕性高，手榴弹都揭开了盖子，再加上敌人的探照灯照来照去，灯柱里显现出了浮土和灰尘，反倒被一名机警的战士发现了异常。

当探照灯把敌人的身影长长地拉出时，这名战士向敌人甩出了第一颗手榴弹，战斗报警就此拉开，这是四十军重返战场后的第一仗。孙景坤没有错过这场战斗，这是一场手榴弹大战，平时的练兵显现出了威力，谁的手榴弹撒得稳准远，谁就有优势。

英军是一个加强连攻打一个班，反复争夺之后，等到孙景坤等其他班排增援上来时，敌人才退了回去。这场战斗持续了五十分钟，英军偷鸡不成，丢下十多具尸体，撤了回去。

227高地，对于英军来说，如鲠在喉，第一次攻取失败后，英军并不甘心，炮轰高地成了常态。一个月后的一天夜里,英军炮火轰击得异乎寻常的猛烈,异常的炮击,肯定有异常的举动。果然,天亮时,英军出动了两个步兵连,还带来火箭筒和火焰喷射器。

十二班顽强坚守,战斗异常激烈,到阵地慰问演出的文工团也参加了战斗。

突然间,我军的炮群开始怒吼了,山呼海啸,电闪雷鸣,打得山峰大地都在颤抖,一排排炮弹在敌群中开花,炸得英军血肉横飞,狼狈溃退。炮兵部队发言了,威力巨大,后方兵工厂加速了炮弹的生产,空军和高射炮部队强力保护着运输的安全,志愿军的炮兵终于能够和美军较量了。

两次挫败英军之后,很长时间,敌人没敢再发动连以上规模的进攻。

冷枪运动

战场对峙中,英军凭借着装备优势和强大的炮火,向四十军的阵地倾泻了成千上万吨钢铁。一座座山峰,寸草不生,寸木皆无,放眼望去,弹坑累累,一片黄褐,处处散发着苦涩刺鼻的炸药味儿。季节仿佛停滞了，留在了冬季，只有天上的太阳，反复地用炎热提醒着人们，这是夏天。

减少伤亡的最有效手段是挖深坑道，加修地下长城，把原来既短又浅的堑壕和猫耳洞，改造成三十米深，防空、防炮、防火、防雨、防潮、防寒永久性的坑道。

志愿军战士都是穷苦的劳动人民出身，劳动是他们的本色。孙景坤带着全排的战士，自己搭设铁炉，没有煤炭，战士们跑出十几里，伐木，扛回坑道烧炭。没有钢铁，捡来阵地上随处可见的炮弹皮，打造了铁钎、撬棍、钢镐等工具。没有炸药，就搜集落地没炸的炮弹和炸弹，冒着生命危险，拆卸下来，抠出里面的炸药，凿岩放炮修山洞，截至1952年11月，四十军完成了一百多条坑道，总长超过三万米。

227高地战斗结束时，已是夏天了。双方没有大的战事，我方指战员藏在坑道里，对面的敌人呢，仗着草深树茂，郁郁葱葱，竟然三五成群地在草地上晒太阳，更有甚者，故意跑到两军之间的河沟，赤身裸体地洗澡，拍着毛茸茸的前胸，向志愿军战士秀肌肉。

敌人之所以敢如此张狂，是因为他们有坦克。他们把坦克明晃晃地开到阵地前沿，志愿军战士敢打一枪，他们就立刻还你一炮，而且还特别准。所以，师长命令，非战斗状态下，不许开枪，否则就是违反纪律。

看到敌人如此藐视志愿军，兄弟团的一位副连长实在忍不住了，光着膀子，身上抹上黄泥，拎着一杆水连珠步枪，偷偷地爬出阵地，隐藏起来，瞄准敌人，打起了冷枪战，一连撂倒了六七个英军。回来后，原以为团长会严厉处分，没想到，团长不但没处理，还组织了全团的神枪手，开展打冷枪竞赛。

打冷枪的做法立刻传到了三五七团，孙景坤手里握着的正是水连珠步枪，他的视力好，枪法准，很快就成了打冷枪的射手。很快，打冷枪的做法得到师里军里的肯定，零敲碎打"牛皮糖"，积小胜为大胜。

普遍开展的打冷枪，把敌人打精了。往日喧闹的敌人阵地，变得死一般寂静。敌人也挑选了一些枪手，开始了报复性的狙击。狙击与反狙击成了斗智斗勇斗技的生死场。孙景坤虽然枪法好，水连珠也得心应手，和敌人的冷枪对决中，屡屡取胜，但和高手相比，就自愧不如了。

兄弟团的一个神枪手，收到祖国人民赠送他的一袋糖果，共有一百二十六块。战场上，糖果是珍稀食品，这么香甜的糖果神枪手从没吃过，他给自己定下个规矩，只有打死一个敌人，才能奖励自己吃一块糖果。不到一个星期，他吃下了四十多块糖果，也就是说，消灭了四十多个敌人。

战场上需要心细如丝，有一次孙景坤突然发现，敌人碉堡的枪眼里有个亮晶晶的东西，一闪一闪的，用望远镜一观察，发现是敌人用一只小镜子反射太阳的光，光点马上移到自己的头上了。他马上明白了，隐藏起来，告诉排里的神枪手，敌人的狙击手可能隐藏在碉堡的左上方的树丛里。神枪手沿着交通壕，绕到敌人碉堡看不到的侧翼，一枪击毙了自以为隐藏很巧妙的敌人狙击手。

还有一次，孙景坤请来了奖励自己糖果的神枪手，教排里战士如何学会伪装，如何和敌人比耐力，比智慧，狙击敌人。讲得正起劲儿，忽然发现有几个敌人出来埋设地雷。真是天赐的现场教学机会，虽说距离较远，命中敌人的要害部位不容易，可地雷的目标很大，也很明显，命中率高，神枪手举起水连珠，一枪击中地雷。地雷爆炸了，几名英军瞬间粉身碎骨，尸体都分辨不出彼此。

冷枪运动，提振了士气，班排间举行了击毙敌人的竞赛，有人还编了一首歌曲，大家在堑壕里共同唱：

来来来，
大家一起来，
来一个班排连营歼敌大竞赛。
你歼灭一个班，
我歼灭一个排。
你歼敌五十，
我歼敌一百。
你打得坦克冒黑烟，
我打得飞机往下栽……

英军确实是被打怕了，打熊了，再也不敢耀武扬威了。这边的阵地歌声飞扬，对面的阵地静得像死了一般。据一个英军俘虏讲，他们都是少爷兵，堑壕挖得不深，就依仗着火力优势。老兵训斥新兵的第一句话就是把头低下，谁不肯低头，谁就是冷枪的靶子。

何止是低下头，英军换防时，都爬着走。大小便时，都不敢出地堡，用空罐头盒装着，甩到外边。

敌人越胆怯，我军胆子就越壮，有的班干脆脱离阵地，潜伏到敌人阵地前，如饥似渴地求战，就想在打冷枪运动中拔得头筹。在统计冷枪歼敌数量时，还闹出个笑话，按照战士们报上来的毙敌数字，对面敌人已经被打光了。而客观实际是，敌人还在，还很顽强。

战士们立功心切，首长们理解，毕竟是远距离冷枪射击，一枪打出去，敌人就倒下去了，分辨不清是被击毙了，还是卧倒隐蔽了，统计出现偏差，在所难免。军功章不能滥发，可战士这种压倒敌人的气概，还是值得鼓励的。

孙景坤所在的一排，没有受到表彰，虽然大家都睁大眼睛，就想多消灭几个敌人。可敌人不是死靶子，也是有血有肉有思想的生命，懂得保护自己。一排的水连珠命中率再高，不见敌人的尸体，他决不上报。就像第一次战役抓俘虏，不把俘虏交给上级，就不算战果。这种踏实的作风，他一直保持到耄耋之年。

巧战162高地

冷枪运动，打灭了敌人的嚣张气焰，我军紧盯换防的美军阵地，开始了旷日持久的拉锯战。三五七团酝酿着向坪村南山开刀，剜下它一块肉。

坪村南山位于临津江北岸，是美军防线突出的一块，楔入我军前沿，西北面五百米，就是三五七团七连的主阵地。这里山峰叠起，地形险要，地图上也没有标高，为了便于分辨和记忆，团长给编了阵地代号。七连扼守的是163.3高地，与其对峙相连的敌人阵地，团长叫它162高地，把敌人位于中间的最高峰称为161高地。

162高地，是美陆军第一师三团前沿警戒阵地，防御战线中的一个重要支撑点。这个高地敌人的轻重机枪，不仅威胁三五七团的前沿阵地，还能打到阵地的侧后，成了团长的一块心病，打下这块高地，可以再向前逼进，伺机夺下敌人的主阵地161高地。

如此近的距离，七连摸清了敌人162高地野战防御工事的外部特征：周围设有三道蛇腹形铁丝网，埋设了大量的地雷，筑有大小地堡、掩蔽所九个，并有堑壕、交通壕相连。

团长正在思考和谋划夺取162高地，进军161高地，夺取战场主动权，突然接到三营长的报告，七连十班的战士孙占鳌失踪了。两军对峙，失踪一名战士，可不是小事，一旦被敌人摸去，扛不住敌人的威逼利诱，不仅会出政治问题，也会泄露我军的布防情况，军事上会处于被动。

团长急得一夜未睡，拂晓前，三营长报告，孙占鳌回来了。原来，新战士孙占鳌立功心切，独自一人摸上了敌人的162高地，想抓个俘虏回来，结果发现162高地是空的，没有敌人。重机枪搬不动，孙占鳌拿了一部电话机，一拐子电话线，还兜了一些美国罐头回来了。

虽然孙占鳌侦察出了个让人意想不到的情况，营长还是狠狠地批评了他，敌人的阵地前布满了地雷，单枪匹马深入虎穴，那是拿自己的生命开玩笑。

批评归批评，不能抹杀孙占鳌的功劳，起码摸清了敌情，判断出敌人白天进入阵地，晚上回去休息。为稳妥起见，按照孙占鳌指点的路径，团里派出侦察排连续六次夜间侦察，摸清了敌人的行动规律。162高地的敌人有两个班的兵力，晓来夜去，天黑后悄悄撤走，天亮前又悄悄回来。

团长下定决心，抢占162高地，拆除敌军的跳板，作为我军攻打坪村南山的前进基地。

1952年8月16日夜，七连的三个班进入指定位置，埋伏下来，枪口指向了敌人返回阵地的小路，只等敌人送死。配给三营的火炮测量准了距离，确定射向和角度，准备好了拦阻和杀伤敌人。

步炮协同、火力压制、通讯联络、纵深配合、弹药准备、给养配送等一系列战前准备周密、具体、充足。

拂晓，大约一个排的美军若无其事地向162阵地走来。埋伏在山洞的勇士们暗暗地瞄准敌人，等到敌人进入射程，突然开火，没等敌人弄明白怎么回事儿，就一命归西了，仅十五分钟，击毙敌人十六人。

与此同时，三颗信号弹飞上天空，一排炮弹扑向敌人的161高地，炮兵开始压制敌人的支援火力，保障七连歼灭进入162阵地的美军。

敌人不甘心失去阵地，集中炮火，向162高地猛烈轰炸，出动一个连的兵力，在二十多门大炮，十余挺重机枪的掩护下，妄图夺回阵地。激烈的阵地争夺战打了整整一天，敌人在飞机、坦克、火炮的掩护下，四次冲锋，均被打退，扔下了近两百具尸体。敌人只好放弃了162高地。从此，这座高地就成了我军的前沿阵地。

遗憾的是，第一个踏上162高地，发现敌人秘密的孙占鳌，被敌人的炮弹片击中了胸膛，一腔热血永远地留在这片土地上。多年以后,孙景坤的眼前还总是闪现这位本家的小弟弟阵亡的情景。

许多年过后,孙景坤还在感慨,多好的战士啊。可惜是个新战士,还不知道他的家乡在哪里。战友们有个默契,无论见到谁的父母,一律叫爹,叫妈。假如能活着回去,他要找一找孙占鳌的父母,跪在他们膝前,叫一声爹妈,替战友尽一次孝。

巧夺162高地,三五七团以较小的牺牲,换来了最大的收获,揳入我军阵地的第一颗钉子被拔掉了。接下来的目标是161高地,这是敌人坪村南山的主阵地,也是制高点,八连摩拳擦掌,要啃下这块硬骨头,要和七连比试比试。

攻守161高地

1952年10月14日,上甘岭战役爆发,美军意在夺取这个朝鲜中部屏障五圣山的门户,提高停战谈判的筹码,迫使志愿军和朝鲜人民军屈从于军事压力。双方以上甘岭为中心,沿着漫长的三八线,展开了激烈的争夺战。四十军一一九师在西线牵制和吸引美军第一陆战师，使其无法全力投入上甘岭方向。

10月25日，是中国人民志愿军出国作战两年纪念日，彭德怀司令员向全军发布命令，歼灭更多的敌人，打掉敌人在谈判桌上获得更大利益的幻想。两天后，残酷的争夺战在坪村南山161高地进行，承担进攻161高地的正是三五七团。

161高地，由美军陆战一师七团一个加强连守卫。这是敌人经营了一年多的核心阵地，构筑大小地堡六十一座，隐蔽所十八个，铁丝网重重叠叠，堑壕和交通壕首尾相接，形成了一座坚固的环形防御体系。高地的西侧，还有一座无名小高地，也修建了碉堡，作为侧翼的警戒阵地。两座阵地控制住了交错的河谷，防止我军穿插渗透。

面对铜墙铁壁般的161高地，怎么攻取，确实很棘手。营长几乎天天带着八连全连骨干，摸到敌人的侧后，侦察敌情，熟悉地形。敌人阵地叮叮当当的锹镐声他们听得真真切切，敌人也在日夜突击，加修工事。

摸到的情况，汇总到团里，团长和炮兵团长还有各参战部队的团首长，反复研究协作作战计划，先是在地图上协同，然后搞立体的沙盘模拟临战演练，最后在作战的具体地址对照落实。

按照团里的部署，趁着夜色，孙景坤带着战士们在敌人的前沿选择了个潜伏区，突击挖掘屯兵洞。就在敌人的眼皮底下秘密施工，还不能暴露，难度可想而知。夜晚施工时，新挖出的土石都要带回自己的阵地，不能让敌人发现有新土的痕迹。

孙景坤带着战士们突击了八天，挖出的防炮屯兵洞，足可以把他们排全部藏下。随后，团里进行了潜伏教育和训练，教会突击部队如何秘密潜入、着装伪装，甚至细到如何吃饭，如何休息，如何大小便等。因为，任何一点考虑得不周全，都有可能带来大麻烦。

10月26日零点，三五七团的三个连秘密进入潜伏区，静静地隐蔽待命。屯兵洞狭窄潮湿，加上天气已经转凉，一整天都潜伏在里边，那种阴冷潮，让人很不舒服。

中午时，敌人炮击了我潜伏区，大家的心都提到了嗓子眼儿，是不是被美军发现了？按照潜伏纪律，哪怕敌人摸到了屯兵洞口，没有命令，谁也不准出击。耐心地等待了一会儿，果然是敌人试探性的打炮，目的是打草惊蛇。

虚惊一场，一整天的潜伏有惊无险地度过了。

红日西斜，山野苍茫，配属给三五七团的三辆坦克开到了阵地前，瞄准了敌人的161高地的工事，进行破坏性射击。紧接着，我军八十余门大炮发出了怒吼，对161高地敌人的炮群进行压制性炮击，各种炮弹，飞蝗一般，射向敌阵。大地震颤，硝烟弥漫，敌人的前沿阵地陷入火海之中。

三五七团一连和九连从西、北两侧的潜伏地一跃而起，向161高地发起冲击，仅用三分钟，就突破了前沿阵地。然后，他们以班、组为单位，大胆穿插，迂回分割，相互配合，连克敌人的碉堡和隐蔽所，炸掉中心母地堡，冲上主峰。激烈的战斗持续了两个小时，孙景坤和他的战友们占领了161全部阵地，毙伤和俘虏敌人三百多个。

随后，八连副连长支全胜，带着加强二排共五十余人，进入161高地。接管了阵地，支连副立刻布置左右两侧的防务，让二排长和八班长分头进入阵地，抢修工事，自己留在了主阵地。那时，孙景坤所带领的七连一排，负责为八连二排运送弹药、给养和伤员，作为八连的后方支援，同时做好阻止战的准备，防止敌人切断161高地与162高地之间的联络。

八连二排接防才一个小时，阵地还没抢修完成，

与战友们冲锋陷阵

敌人就组织了两个连的兵力,连续反扑了三次,均被二排击退。支全胜知道,161高地对敌我双方意味着什么。161高地是战略制高点,守住阵地,就会成为我军楔入敌阵的钉子,在拉锯战中掌握主动权,敌人肯定不会善罢甘休,激烈的争夺战还会持续下去。他对守在主峰的五班和七班的战士说,一定要牢记战前的决心,做好打恶仗、打硬仗的准备,一人一枪也要战斗到底。

27日拂晓,敌人在飞机、重炮、坦克的支援下,向八连二排发起猛攻。成吨的钢铁倾泻在161高地上,树木和岩石被炸得四处横飞,扬起的尘土遮天蔽日,阵地上燃起熊熊烈焰。轰炸过后,敌人集结了两个营的兵力,向阵地猛扑上来。

二排在我方炮火的支援下,沉着应战,顽强战斗,连续打垮了敌人二十余次冲锋。机枪手周腊生抱起机枪,左右开弓,消灭了七十多个美国鬼子。

血战了十八个小时,支全胜的左腿被子弹射穿,简单包扎一下,继续指挥战斗。最后阵地上只剩下四个人了,支全胜已经做了最坏的打算,把爆破筒压在身下,准备与冲上来的敌人同归于尽。

此时,161高地侧翼的两块阵地已经失去,八连二排长和八班长也都牺牲了，最后一名战士拿起爆破筒，与蜂拥上来的敌人同归于尽，主峰161高地成了一座孤峰。周腊生给敌人布下三道火网，百米外用机枪打，百米内用转盘机枪打，五十米内正好发挥居高临下的优势，给敌人来顿手榴弹会餐。

主峰上的情况越来越危机，手榴弹甩光了，子弹快要打没了，眼看着敌人越来越近，阵地就要失守，四名战友正准备在敌人扑上来的时候，拉响爆破筒，以身殉国。孙景坤带领九名战士，及时赶到，扛来了八箱手榴弹，两箱转盘枪子弹。

孙景坤迅速把手榴弹箱盖打开，带着全班战士，投入到战斗中。居高临下的近战，手榴弹的威力不亚于炮弹，战场上的形势立刻逆转。

原来，孙景坤带来一个班的援兵是营长指派的。连续作战和抢救伤员，孙景坤一天一夜没合眼，也没时间吃东西，刚在包扎所坐下来休息，吃几口炒面，营长的新任务就下来了。扛上弹药，立刻支援到161高地。

关键时刻，七连副排长孙景坤临危受命，冒着弹雨，增援八连。

161高地，三面处于敌人的火力控制之下，很难增援,已经有八批增援的战士,都在增援的途中失败了,没有一个能活着到达阵地。

战斗打得异常激烈,后勤补给经常被敌人炮火切断,已经一天一夜水米未进,头顶九十斤的弹药,战士们体力消耗较大,饿得脚步有些踉跄。又正值中午,是一天中最容易暴露的时候,战场经验丰富的孙景坤,终于找出敌人火力的死角,机会难得,他带领大家快速穿插上去。

躲过了地面敌人的火力,却没躲过天上的敌机。美军出动四架战机,封锁了他们增援的路线。面对敌机的扫射,他机警地吩咐战友,把弹药箱顶在头顶,拉开距离往前跑。紧急时刻,他突然发现,美军飞机的尾部喷出了一股浓浓的烟雾。

战友们经历过美军毒气战,都以为是美军又来放毒了。他们停下脚步,隐蔽起来,准备对付毒气。这时,孙景坤敏锐地发现烟雾中有人影晃动,他顿时明白了,敌人在抢救伤员,用浓雾遮挡我军的视线。

既然浓烟能为敌所用,为什么不能为我所用。孙景坤大声喊着,冲,冲,快往浓烟里冲,美国飞机也看不到咱们了。

就这样,孙景坤带着战友冲进了浓烟中。敌机失去目标，胡乱地扫射一通，飞走了，十个人带着十箱弹药，完好无损地冲上了161高地。

准备以身殉国的支全胜，扔下爆破筒，抓住孙景坤的胳膊，激动地说，老孙，你可上来了。

阵地上一名姓刘的无线电话员，满脸是血，绷带都蒙住了眼睛，他还是拿起步话机，激动地将这个好消息报告给了营长，营长兴奋地称赞孙景坤，好样的，有勇有谋。

随即，他们按照营长的指示，留在阵地，立即投入战斗。孙景坤自己留在了主峰，其他几位战士分别夺回了两翼的阵地。敌人新一轮进攻开始了，孙景坤先后掷出两百多颗手榴弹，守住了即将丢失的阵地。有两个敌人借着硝烟的掩护，从侧面绕到他身边，只剩下两三米距离，他猛地端起水连珠步枪，连续怒射，敌人应声倒下。刚解决了这两个，左面交通沟里又爬出两个敌人，走在前面的敌人还端着一挺机枪，孙景坤反应敏捷，抢先开枪，又击毙了两个。

几次反扑失败后，敌人开始逃窜。孙景坤端平步枪，对准慌忙逃跑的敌人，一枪一个，击毙了二十一个敌人。腿快的逃出射程，敌人的伤兵就没那么幸运了，只能躺在地上哀号。聪明的孙景坤立刻有了主意，把敌人的尸体拽过来，在身边摆了一片，当成工事。那些缴了械的伤兵被他抓过来，摆在尸体的最上层，他知道，美国鬼子的最大弱点是怕死，而美国的飞机总会在他们撤退之后，飞上来轰炸。果然，美国飞机贴着地面飞过时，看见地上还有活着的美国兵，就不再打炮和轰炸了。

果然，这一招奏效了，保住了阵地，也避免了战友的伤亡。此时，七连支援上来的战士已经牺牲一多半了，剩下的几个人也都负了伤，孙景坤激励大家说，七连的同志们，龙水洞战斗，我们十五勇士愣是打垮了敌人，我们一定要发扬龙水洞的战斗精神。

负伤的战士说，排副，别看我们负伤了，一定坚持到底。

那一天，从中午到半夜，敌人一共向161高地组织了六次反扑，被他们一次次打退，最后只剩下他和三名战友顽强地坚守在阵地上，他把枪围着战壕摆了一圈儿，战斗时，随时都能抓到枪，也不用换弹夹。

敌人又一次冲上来，能够拿枪战斗的仅剩下三个人，而且都带着伤，要想守住阵地，难度有多大可想而知。孙景坤拿起无线电话，冲着团里喊，请求支援，没有人手，炮火也行，就往我眼前打。团里告诉他,坚持十五分钟,坚持十五分钟。孙景坤喊着,美国鬼子就在眼前,等不得了。团里回话,五分钟,再坚持五分钟。

一秒钟也等不得了,孙景坤丢下电话,投入到战斗中。

那五分钟,漫长得几乎是他的一生,深深地刻在他生命的年轮里。

激战过后,增援上来的战友们在炮弹掀起的泥土石块下找到了昏迷的孙景坤。他浑身上下多处受伤,耳朵被震聋,直到几天后才渐渐恢复了听觉。回头找自己带上来的九名战士,全都牺牲了。

从161高地最后撤下来的仅剩下四个人。返回的途中,还遇到了敌机轰炸,支全胜的腿被炸断了,孙景坤和周腊生轮换着,把支连副背了下来。

这次战斗,共毙伤敌九百零五人,因战果突出,影响较大,新华社撰稿广播于中外。战后,支全胜、周腊生被授予二级战斗英雄称号,孙景坤等人荣立一等功。由于八连战损严重,孙景坤留在了八连,继续担任副排长。

六十年后,孙景坤161高地的战斗事迹被人挖掘出来,有人问年近九旬的孙景坤,怎么成为英雄的?

他说，我怎么活过来的都不知道，也不知道咋就成了战斗英雄，活着就是英雄呗。

战火已经远去，人们奢侈地享受着和平，而孙景坤却收起军功章，深藏六十余载。二十年过后，他多次去大连，看望在干休所休养的支全胜，也曾千里寻找到江西，寻找在161高地打死过七十多个美国鬼子的周腊生，他认为，他们老八连才是真英雄，坚守161高地，从头打到尾，就剩下他们俩了。

当时光的尘土被打扫干净，英雄回归本来面目时，面对功臣和英雄的称赞，孙景坤的眼睛潮湿了，他连连否认，往事不堪回首，和平是用鲜血换来的，活着是侥幸，牺牲是光荣，他最怀念牺牲在战场上的战友。能活着回来，就是占了大便宜，任何对功名利禄的贪恋，都是对牺牲战友的亵渎。

第六章　回乡务农

我的祖国

1953年7月27日上午10时，中美双方首席代表在板门店签订了朝鲜军事停战协定，至此，三年零一个月的朝鲜战争宣告结束。经历了两年零九个月的抗美援朝战争，中国人民志愿军与朝鲜人民浴血奋战，把以美国为首的"联合国军"从鸭绿江边赶回了三八线。

这是用鲜血换来的和平，中国人民打破了美国不可战胜的神话，终于用不屈的头颅，昂起在世界的舞台。

毛泽东主席在《抗美援朝的胜利和意义》一文中说："美帝国主义者很傲慢，凡是可以不讲理的地方就一定不讲理，要是讲一点理的话，那是被逼得不得已了。""联合国军"总司令克拉克回忆他签字时的心情时说:"我成了历史上签订没有胜利的停战条约的第一位美国陆军司令官。"南朝鲜总统李承晚公开发表声明,反对签订停战协议。

反对无效,要么你就像美国那样——有钢;要么就像中国那样——有气。什么都没有,只能闭嘴。

太阳落山,夜色渐浓,宜人的凉风吹拂着大地,沉浸隆隆炮声的朝鲜大地,从来没有过如此的安静。夜越来越黑,人却没有一丝睡意,战士们围坐在一起,瞪大眼睛,瞅着夜光手表。秒表的针"嗒嗒嗒嗒"一秒一秒地转过,在期盼中,终于转到了22时整。

停战生效的时间到了,那一瞬间,人们推开窗子,拉开防空窗帘,顿时,满世界一片通明,人们跳啊,唱啊,终于迎来了和平的时刻。

此时的孙景坤,却是从没有过的孤独,全排和他一起跨过鸭绿江的战友们,只剩下他一个人了,他们全都长眠在朝鲜的土地上,无缘看到这喜庆的时刻。此时此刻,他最怀念的是战友,他用流不尽的泪水,诉说对他们的思念……

但愿世界从此再无战争。

燃烧了三年之久的战火终于熄灭了,人们从战争的重负中解脱了出来。停战协定生效后战士们接到的第一个命令是：把武器弹药立刻集中起来，全部移交给朝鲜人民军。

武器是战士的第二生命，抱在怀里都怕丢了。解放海南岛时，孙景坤掉入大海中都没放弃自己的枪，尤其是他心爱的水连珠，已经和他的生命融为一体了。无论是162高地、161高地，还是其他战场，没有水连珠，就没有他的生命。他把水连珠擦了又擦，擦得一尘不染了还没擦完，似乎是把亲生骨肉送给了别人，直到营长抢下了他的枪。

也许是天意，入朝时，家乡舍不得他，一一九师是全军最后一个渡过鸭绿江，进入朝鲜；返回祖国时，一一九师却是全军第一个动身，奔向鸭绿江。来的时候，是秘密过江；走的时候，是不辞而别，悄悄过江，没人欢送。

来也匆匆，去也匆匆。

一宿未睡，28日凌晨4时，居民尚未起床，一一九师就从驻地出发了，徒步前进，直奔安东。大雨如注，大雨如注，天哭了，夏天的大雨，仿佛无数牺牲的战友在哭泣，责备他们，为什么把他们丢在异国他乡？

孙景坤默默地安慰自己，回到祖国，珍惜鲜血换来的和平，建设好家乡，替战友实现过上美好生活的理想。

两天后，部队来到了鸭绿江边，江对面是自己的祖国，也是自己的家乡。江这边的新义州，到处是残垣断壁；江那边的安东，却是安然宁静。孙景坤心潮起伏，没有祖国的强大，哪有人民的平安。望着对岸的镇江山，他的心在喊，祖国，我回来了，母亲，我回来了，您的儿子回家了。

此刻，所有的战士心潮澎湃，面对鸭绿江，扯开喉咙，击着节拍，兴奋而又哽咽地大声齐唱《歌唱祖国》：

> 五星红旗迎风飘扬，
> 胜利歌声多么响亮。
> 歌唱我们亲爱的祖国，
> 从今走向繁荣富强。
>
> 越过高山，越过平原，
> 跨过奔腾的黄河长江。
> 宽广美丽的土地，
> 是我们亲爱的家乡。

英雄的人民站起来了！

我们团结友爱坚强如钢。

战士们迈着整齐的步伐，跨上了鸭绿江铁桥，双脚"嗵嗵嗵"地踩着桥面，大桥发出音乐般共鸣的震动，跳动出了和谐的音符。尽管是汛期，但江水却浩荡而又平静地流淌，没有湍急，只有坦荡和从容。

此时，孙景坤觉得，自己就像鸭绿江里一朵小小的浪花，平静而又舒缓地跟着大部队行进。

江对岸，没有任何欢迎仪式，甚至没有人知道，这是一支凯旋的队伍。虽说战争已经结束，安东轰轰烈烈的抗美援朝运动还没结束，许多事情，需要这座城市善后。每天都有成千上万的志愿军进出国门，他们已经习以为常。

偶尔有人止步，发现了其中的问题，志愿军都应该挎着枪，这支队伍肩上只有水壶，怎么没有枪，赤手空拳呢？莫不是板门店谈判时换回来的俘虏？

部队直接进入车站，准备踏上西去的列车，到辽西的沟帮子驻扎。又一次路过家门而不入，孙景坤把脸贴在车门上，向外望着。火车绕过山弯，从山城村一掠而过，列车外面，一草一木都是那么熟悉，可他没有看到亲人的面庞,还有自己的孩子,两岁多了,还没见过面。

回 乡

1954年5月,孙景坤被一一九师推举为英模代表,成为中国人民志愿军回国报告团成员之一,到北京报告自己的英雄事迹。出发前,孙景坤激动得一夜没睡好。去北京见毛主席,是许多志愿军战士的愿望,在朝鲜战场上,许多战士把"立功去见毛主席"当成最大的愿望,也是英勇杀敌的动力。现在,这个大家都期盼的愿望,由他代表战友们马上要实现了,怎能不激动?

从一一九师驻地沟帮子出发,坐上火车,一路向着北京飞驶。车窗外,春暖花开,杨柳吐绿,田野里人欢马叫,耕牛遍地,一片春耕大忙,处处欣欣向荣。战争的硝烟早已散去,人们在和平的环境里,幸福地劳动。孙景坤望着车窗外一掠而过的风光,想到了当年这片土地上的辽沈战役,他们几乎是靠着双脚,打完了整个战役。

车到锦州停了下来,他不敢向铁路的北侧望去,当年的配水池、大疙瘩还在,战友们一个接一个地牺牲在那里,这片大好河山啊,哪一寸不浸满烈士的鲜血?虽说他是英模了,可那些牺牲的战友,谁来给他们戴上大红花?如何能给他们挂上军功章?见到当年的战场,不是胜利的喜悦,而是凭吊,更是怀念。他把头低在了茶几上,不敢抬头往车窗外看,他觉得,牺牲的战友们都在嘲笑他,怎么还活着呢?

列车进了通县,马上就要到当年的北平(现在的北京)了。这座和平解放的古都,赐予了孙景坤一生最荣耀的时刻,他就是在这里庄严地宣誓,成为一名共产党员。现在,他作为一名党员,就要见到伟大领袖毛主席了。

北平的群众,以最高的礼仪欢迎着他们,毛主席亲切地接见了回国英雄报告团的成员,还和其他党和国家领导人一起与他们合影留念。这张照片,孙景坤一直保留着,直至耄耋之年,还能清楚地说出毛主席的大手真软。

他还清楚地记得,毛主席接见他们这些英雄时,眼睛里是噙着泪的,谁也猜不透毛主席的心里想的是什么,可是,他们都知道,毛主席牺牲在朝鲜的儿子毛岸英和他们同龄，毛主席是想他的儿子了还是把他们都当成了自己的儿子，谁也说不清。

接见之后，报告团到北京的工厂、学校报告英雄事迹。这是孙景坤最怕的事情，别看他行动机敏，作战英勇，可他最怕的是说话，人越多越不会讲话，加上他识字不多，演讲稿都念不下来，他的英雄事迹便成了茶壶里煮的饺子。

报告团的成员大多留在了北京，作为抗美援朝的立功英雄，部队是要重点培养，尤其是基层指战员，更要送到军校学习深造。学习文化恰是孙景坤的弱项，他不会写字，作战的空隙才学会了识字，上军校肯定吃力。一向要强的孙景坤，事事不输别人，面对着文化课，却有些畏惧了。

负责军校招录的人员搬出了毛主席的话说服孙景坤，没有文化的军队是愚蠢的军队，而愚蠢的军队是不能战胜敌人的。最后的敌人，就是龟缩在台湾的国民党，如果部队去解放台湾，他会毫不犹豫。他不想把部队拖累成愚蠢的军队，孙景坤决定去军校，仗都能打，死都不怕，还怕学不会文化，像打敌人碉堡那样，攻下文化课。

然而，身体不给孙景坤做主，眼看着到军校报到了,他的胃病犯了,犯得特别重。从小饥寒交迫,解放战争期间从东北一直打到海南岛,饥一顿饱一顿。到了朝鲜战场,一把炒玉米面一把雪的吃是常态,没有雪,就去啃冰,牙都啃坏了。尤其是上甘岭战役阶段,后勤补给线常被美军飞机炸断,有时饿了三天,才能吃到一个小土豆。

如此的艰苦环境,不得胃病那才怪了呢。一场病,住了一个多月院,病情才好转,能够吃一点儿稀粥了,人也瘦得不成样子。军校已经开学了,后报到有很多麻烦事儿,孙景坤不想给组织添麻烦,干脆放弃了学习的机会。

和平时期,部队更需要文化了,这正是孙景坤的短处。他觉得,像自己这样为战争而生的人,没仗可打,那不是耗费国家的钱粮吗?留在部队,就成了寄生虫,靠别人养着,这是他们平时最瞧不起的。既然打仗的目的是让人民安居乐业,和平了就该解甲归田,回到家乡搞生产,让家乡的人民过上幸福的生活,建设美满的社会主义。

更何况他日夜思念着妻子,惦记着父母。出院后,孙景坤内心的主意已定,回老家,回到了沟帮子部队驻地,部队很体贴他,给了探亲假。

1954年10月底，孙景坤终于回到了阔别快七年的家。此时，女儿孙美丽已经三岁半了，睁大一双美丽的大眼睛，瞅着穿军装的父亲，一脸的陌生，没有一点儿亲切劲儿。六年多了，一家人的担子都压在妻子的身上，上照顾老，下照顾小，尤其是照顾小脚母亲，比他这个儿子还孝顺，哪怕是小姑子错怪了她，她也从不多说一句话，更没有一句怨言。

为了补偿对妻子的歉疚，孙景坤带着妻子、女儿去了安东市内，一家三口照了张合影。照片中，他胸前挂着一溜儿军功章，他是用照片告诉女儿，为什么没陪着她成长，那是他为国立功劳去了。

回到家中，那种愧疚感更加挥之不去。父母的年龄渐渐大了，妻子承担着这么繁重劳动，孙景坤实在是心疼。尽管他对部队对战友百般依恋，可铁打的营盘流水的兵，家乡时刻在召唤他，脚下的热土牵绊着他的脚步，催他快点回来。

回到部队，孙景坤毅然递交了申请，转业回到地方搞建设。

1955年1月15日，部队批准了孙景坤的申请，转业回安东。依依不舍地离开军营，洒泪与战友们相别，孙景坤踏上了东去的列车。

转业时，孙景坤的职务是排长，按照规定，安东市需要给他安排个相应的职务。当时，工厂是最热门的地方，工人阶级领导一切，组织上就把孙景坤安排到安东较大的工厂——安东印染厂工作，担任科长。科长的岗位，需要懂得技术，他没有多少文化，弄不懂那些数字，大老粗一个，耽误了生产，就是耽误国家建设，那不是蹲着茅坑不拉屎吗？他不同意这个安排。

在工厂里走了一圈儿，孙景坤终于找了属于自己的岗位，申请到工厂看大门。大家以为这是开玩笑，是这位战场上的英雄对工厂的安排不满了。谁想到，孙景坤是认真的，在部队里他练出了火眼金睛，让他看大门，准保不会让集体的财产受到损失。

组织上不可能这样安排军转干部，还是要给他职务。他觉得，在职务上让组织操心实在不应该。他最熟悉的是农具和庄稼，是种地的好把式，既然城里处处都需要有文化的人，他干脆放弃选择，直接回归自己的老本行，回家种地。当科长也好，组织农业生产也罢，都是建设社会主义，是一回事儿。

就这样，孙景坤自动放弃了干部转业的待遇，没去工厂工作，把自己的组织关系落到村党支部，复员回到了山城村。那时，还没有城乡的二元差距，也就是后来的所谓的城市户口和农村户口的差距，战友们从朝鲜战场返回时，说得最多的一句话是打完仗回家种地。那是来自内心的喜悦，脸上洋溢着分得土地的幸福。

回乡的第三天，孙景坤就拿起农具，带领着参加了互助组和合作社的人们，开始了农业劳动。没多久，山城村成立生产队，他担任第一生产队队长，一直干了二十六年。在办理党组织关系时，他尘封了自己所有的战功和荣誉，从此，深藏军功，一心一意地建设家乡，连自己的妻子儿女都不知道他立下了这么多战功。

合作化

告别工厂时，已临近春节，过完年，就开始送粪下地，准备春耕了。一年之计在于春，农时不等人，孙景坤急着回家。

穿着没有了领章帽徽的军装，背上行李，就要从安东市内回到山城村的老家了。虽然还是一身军装，却不再有军人的身份了。孙景坤来到了鸭绿江边，走到了当年出国作战的桥头，望着桥上累累弹孔，看着桥下静静流淌下去的鸭绿江，心如潮涌，岁月终于归于平静，和平多么美好。

眼光跳过宽阔的江面，望向对岸，对面的新义州不再到处是残垣断壁，战火摧毁的房屋已经修复，人们也在勤奋地劳作，百废待兴，一幅建设社会主义的新景象。好了，我也该回家了，建设自己的家乡，看谁把家乡建设得更美丽。

翻山越岭，走回自己的家，孙景坤远远地看到了山城村的孔家沟。沟里沟外的房子，虽说整齐，却是一片茅草房，雨天"嘀嗒"漏，风天怕卷走。这让他的心里有些苍凉，新社会了，乡亲们怎么还住得如此简陋，他实在心里难安，既然回来了，就带着大家把家乡建设好，让大家都住上清亮的大瓦房。

孙景坤的家，还和七年前一样，依然是租住别人家的草房子，哥哥结婚分家另过了，两个姐姐也嫁了人家。父母和三个妹妹一大家子人还挤在两间半草房子里，这让当儿子的心里难安。

放下行李的第一件事——孙景坤找到房东商量，房子一住十年，全家人对房子感情已经很深了，已经当成了自己的家，干脆买下来算了。房东爽快地答应了，孙景坤拿出二百块钱转业费，终于让一辈子没有过家的父母，住上了属于自己的房子，有了安稳的家。

修修补补，间间隔隔，让破草房变成了新草房，二间半变成了三间房。小家分出了三个区域，父母、他们一家，还有三个妹妹，都有了属于自己的空间，虽然拥挤，却也温馨。

安置好了家，孙景坤又是一无所有了。村里有人笑话他，打了这么多年仗，还是个大头兵，只剩下"一个老妈，一身伤疤"。

既然回村里了，就没打算把功劳挂在嘴边，一个老妈证明他孝顺，一身疤证明他还活着，枪林弹雨、炮火连天，战友们都牺牲了，他能活下来就是奇迹，还有什么可辩白的。

此时，妻子张秀兰的肚子又一次挺起，将要迎来他们的第二个孩子。随着月份越来越大，妻子自然无法参加整地、春耕等繁重的体力劳动，只能做些侍候公婆，打理家务，挑选种子等简单劳动。土改时，孙家人多，自然分得的土地也多，有了土地，却有了新的问题，家里人多，劳动力少，这么多地，靠年迈的父亲和妻子侍弄，自然忙不过来。

当兵七年，孙景坤一门心思在战场上，家里的事儿都是妻子在操心。让他欣慰的是，尽管他不在家，家里的地，年年有人帮助种，那是村里组织青年开展的拥军优属活动。据后来的山城村第二生产队队长刘振发回忆，那时，他们那群二十岁左右的小伙子，比着赛地帮助孙景坤家干活儿，不上战场，还舍不出力气？

无论在部队，还是回家乡，孙景坤处处体会到集体的温暖，处处感受到合作的力量。

那时，合作化运动在全国蓬勃兴起，孙景坤是党员，响应党的号召，已经成了他的自觉，他率先把自己的土地、农具、牲畜归公，把孔家沟的乡亲们组织在一块儿，自愿成立了一个集体农庄，作为一个农业生产单位，孙景坤被推举为队长，带着大家共同劳动。

这种互助协作的生产方式，充分地取长补短，互利互惠，共同发展生产力，提高了劳动效率，受到大家普遍拥护，到了秋后，大家算了一笔账，比单干时多打了不少粮食。

与村民一起展望村子的未来蓝图

修 路

合作化的第二年，也就是1956年的秋天，粮食大丰收。孙景坤带着社员赶着大马车，去元宝区送公粮。粮库的地点在市区内，载重的马车莫说是去市内，就是走出镇子，都非常艰难。

镇叫蛤蟆塘镇，在山城村的西侧，听镇名就知道，这里全是涝洼地，夏天蛤蟆声叫成一片。山城村良田少，泥塘多，路泥泞，想出村子都不容易。路是通往世界的途径，没有路，山城村就被封闭了。

粮食丰收了，想走出村子送公粮，需要人推马拉，一步一步地挪，费尽周折才能走出去。若是遇到了特殊情况，翻了车，粮食掉进了水里，一年的辛苦可就泡了汤。孙景坤边推着大马车，边和社员们商量，联合其他合作社，把山城村的路修好。

除了送公粮难，还有一件事深深地刺激着孙景坤。去年夏天，大儿子孙福贵出生时，妻子张秀兰大出血，怎么也止不住，孙景坤当机立断，背起妻子，拿出当年打仗急行军的劲头，用惊人的速度向市内的医院奔跑。医生说，幸亏来得及时，否则人就没了。

平安出院后，孙景坤就想，若是别人家遇到这样的事儿，该怎么办？村里没人像他这样练过急行军，能及时跑到医院最快的交通工具就是马车，可村里的路坑坑洼洼，泥泞得很，怎么行车？

两件事让孙景坤下定决心，回去以后，趁着家闲，带着乡亲们先修路。

送完公粮，正赶上电影《上甘岭》在安东市的电影院提前放映，这部电影的主题歌《我的祖国》早已在中央人民广播电台播放过，没过几天，就成了流行音乐，尤其是安东人，听得更为亲切，一条大江波浪宽，那不就是鸭绿江吗？还有风吹稻花香两岸，说的就是中朝两国的鸭绿江平原。

大家急不可待地去看电影，孙景坤让大家买票进了影剧院，自己说什么也不去，他不是心疼电影票的钱，而是不喜欢看战争的场面，那样会勾起他痛苦的回忆，战争是他心里的禁区，他已经走出了战争的阴霾，哪怕是虚拟的电影，他也不去触碰。

赶着马车，他来到了鸭绿江边，江畔上的大喇叭里，正播放着歌曲《我的祖国》，他如醉如痴地听着。

一条大河波浪宽,
风吹稻花香两岸。
我家就在岸上住,
听惯了艄公的号子,
看惯了船上的白帆。
这是美丽的祖国,
是我生长的地方,
在这片辽阔的土地上,
到处都有明媚的风光。

姑娘好像花儿一样,
小伙儿心胸多宽广。
为了开辟新天地,
唤醒了沉睡的高山,
让那河流改变了模样。
这是英雄的祖国,
是我生长的地方,
在这片古老的土地上,
到处都有青春的力量。

好山好水好地方,

条条大路都宽畅。
朋友来了有好酒,
若是那豺狼来了,
迎接它的有猎枪。
这是强大的祖国,
是我生长的地方,
在这片温暖的土地上,
到处都有和平的阳光。

歌曲回肠荡气,孙景坤听得热泪盈眶,歌词里的每一句话,都能敲响他的心鼓,好像专门唱给他听的。没有战争了,鸭绿江不再也不会被鲜血染红了,他要在和平的阳光下,带着大家建设自己的家乡。

忙过秋收,该是农闲了,孙景坤却不肯轻闲下来,向村党支部申请,向其他村借抬筐、手推车等工具,联络村里其他的合作社,共同修筑村里的路,让大家顺顺畅畅地出出入入。村里的路,已经没有了路的样子,春天翻浆,赶起牛车都能把人晃晕;夏天泥泞不堪,车蹚在路上,像在水里行船;冬天车辙冻起了棱子,形成了一道道路障,赶车行车,如同颠花轿一样。

村里人苦于路破久已，孙景坤张罗修路，大家都赞成，每家每户都出劳动力，参加修路劳动。想要修条顺畅的好路，先要对老路开肠破肚，取出下面的淤泥，才能打牢地基。更重要的是，必须把路垫高，高出田地半米，才能确保发水时，路不被淹没。

修路不是单单的只是用土把路垫高，还要挖水沟，搭小桥，让水自由地流淌出去，才不会破坏道路。

修路需要很多土石方，战争年代，挖战壕，孙景坤积累了丰富的经验，只要是施工，大同小异。他带头手拎肩扛推车拉，和社员们一起，把山上的碎石，远处的土块，运到路面上，填下一道道陷车的泥塘，垫平一条条拦路的沟壑，再逐段地把路面夯实，碾平。

就这样，日复一日，年复一年，发扬愚公移山的精神，一段一段地修，一家一家地铺，让家家相连、户户相通，一直铺到村外，通向镇里。

两年后，合作社变成生产队，回乡务农的孙景坤，顺其自然地成了山城一队的生产队长，一干就是一辈子。

笔者第二次采访时，是2021年的正月，正是牛年伊始，早在元旦辞旧迎新之际，习近平总书记在全国政协新年茶话会上，寄语大家"发扬为民服务孺子牛、创新发展拓荒牛、艰苦奋斗老黄牛的精神"。山城村现任党支部书记邱大鹏说，老党员孙景坤在最基层的生产队长岗位上干了一辈子，"三牛精神"在他身上体现得淋漓尽致，虽然时代不同了，可孙景坤的"三牛精神"永远不过时，这是我们全村党员的精神财富。

第七章　深爱每一寸土地

修堤坝

丹东（1965年安东市改名为丹东市，意为红色东方之城，为叙述方便，本章起皆称为丹东）有个小气候，是全省降雨最多的地区之一，因此，也是洪水多发的地区。鸭绿江的支流大沙河，从山城村北边绕过，也是一条出了名的害河。

大沙河之所以被叫成大沙河，是因为每年洪水暴发时，遇到鸭绿江水涨潮，洪水无处可泄，时常漫过河岸，向两岸横冲直撞，泛滥成灾，淹没了土地，危及了房屋。等到退潮后，河水退去，留下了大量泥沙，因此而得名。

年年发水，洪水常常进村入户，田地淹没了，修好的路冲毁了。孙景坤并不气馁，年年毁，年年修。

村里人只知道通往村外的路从未断过,却不知道,这些路是日复一日,年复一年,人们披星戴月、默默无闻地养护出来的。

这样年年修路,只是治标不治本,山城村路难走的症结是大沙河,不把村里最大的"敌人"大沙河降伏住,这把悬在村里人头顶上的利剑,就不会落下来,人们的心也不会安宁。河患也成了孙景坤心头大患,他发誓和全镇人一道驯服这条大河。

那时候,要问大沙河有多宽,谁也说不准,水能漫延到哪儿,哪儿就是大沙河的河床。整条河弯弯曲曲,支汊众多,那道时断时续的简单泥坝,根本挡不住河水的蛮横冲撞。山城村恰好处于大沙河的转弯处,是防洪最薄弱的地方,每逢雨季,都会把山城村沿河的土地淹得一片汪洋,有时,洪水还冲进村子,威胁着村民的生命财产安全,大家被迫转移。

修堤筑坝迫在眉睫。

有人说,修也白修,常言道洪水猛兽,人拿它是没办法的。孙景坤心里想的是,再顽固,再厉害,再能泛滥成灾,能比得过美国鬼子吗?虽然困难是座山,只要肯一揪一揪不停歇地挖,山也会变平地。愚公移山讲的就是这个故事。

听说村民们要治理大沙河，水利专家也来到了河畔，规划出了治河方案，蛤蟆塘全镇的社员都被动员起来了，像当年战场上打歼灭战那样，几千治河大军，昼夜奋战在两岸，开展起了劳动竞赛。

　　孙景坤得到了全家的支持，妻子白天到大坝上劳动，晚上去夜校学文化，还连轴转地干家务活儿。不到10岁的女儿，也成了帮手，和父亲一道奋战在堤坝上。

　　孙景坤没有一味地增高大坝，而是和技术员一道，分析洪水泛滥的原因，寻找症结所在。大沙河侵害的不仅仅是山城村的第一生产队，河对岸武营村的果园也深受其害，要想彻底治理，捆住这条恶龙，需要固定河道，两边同时进行。可是两边的土地犬牙交错，土地是农民的命根了，修河占地，谁也不愿意，这就妨碍了修坝。

　　就像指挥作战一样，治理大沙河需要统筹完成，孙景坤做出决定，山城一队与对面的果园交换土地，谁也不吃亏。就这样，大沙河去弯取直的设计方案形成了，冬季修坝大会战在两岸轰轰烈烈地开展了起来。当时，没有机械化设备，手推独轮车都不是很多，孙景坤就带头用筐挑、用肩扛，运送土石。

　　一直奋战了两三个月，孙景坤一直吃住在工地上，村民们看着孙队长这么辛苦，就让他回家休息休息，他说："不行，大坝修完我才能回去，现在回去不放心。"

大坝修好了，巩固泥坝又是一个新问题，雨水年年冲刷，大坝就会变矮，付出的艰辛劳动，就会付之东流。最好的办法是种树，用树庞大的根系护住大坝。于是，春天来临时，大坝上种满了白杨树。

经过几年的努力，到了20世纪60年代初，大坝越建越高，越建越厚实，这头洪水猛兽被彻底地驯服了。大坝不仅保护了两岸的土地，也保住了村民的生命财产安全。通过河滩改造，山城一队还增加了一百多亩耕地，对于惜地如金的农民来说，谁都能算得出，一百亩耕地，能多养活多少人，简直是天大的喜讯。

20世纪80年代以后，上级不断拨款，完善大沙河堤坝，原有的泥坝被石坝代替了，可大坝的基础依然是当年打下的。作为丹东市最长的城市内河，大沙河在见证着两岸的变化和城市的变迁。如今的大沙河，水清、岸绿、景美、人和，变成了一条美丽的、温驯的河，一年四季波澜不惊。行走在大沙河畔，一幅美好图景在眼前徐徐展开，水清岸绿，鸟语花香，景色宜人。河坝两岸成了造福一方，供人们休闲娱乐、欣赏风景的场所。

随着时代的变迁，蛤蟆塘这个地名，已经成为历史，镇已更名为丹东市元宝区金山镇。为什么改名叫金山，有许多原因，除了蛤蟆塘不好听外，最重要的是，那个沼泽成片的蛤蟆塘不见了，遍布镇里的是沃野良田、绿水青山。

这里面不得不提孙景坤的功劳，他是全镇"绿水青山就是金山银山"的最早践行者。

造良田

修好了村里的路，驯服了大沙河，生产队开始向土地要粮食了。山城村地势低洼，洪水泛滥时，留下许多烂泥塘。烂泥塘虽然也叫地，却因为渍涝，十年九不收。孙景坤把主意打在烂泥塘上，淤泥那是上好的肥料，不能年复一年地糟蹋了。

怎样清淤，排涝，打粮食呢？孙景坤想到了新办法，改善种植方式，建造台田。台田上干爽，适合种玉米，台田下是连成一片的水，水下全是淤泥，正好种水稻。山城村没有种水稻的经验，孙景坤带人去了

带领村民生产劳动

东沟县（现东港市）的前阳公社柳林一带取经。

那里的水稻用清澈碧绿、咸淡适宜的鸭绿江、黄海两和水灌溉，穗大肥厚，颗粒饱满，大米黏糯香醇，好吃极了。清朝时，这里产的稻米为宫廷贡米，有士兵专门看护水稻田，确保朝廷的专供不被偷盗。相距不远，气候相同，水源丰沛，山城村为什么就不能种水稻呢？

取经的时候，正值中秋，乘车来到前阳柳林。那里临近鸭绿江的入海口，也就是"一条大河"里唱的那个风吹稻花香两岸的地方。此时，稻子接近成熟，望不到边的稻田，一片金黄，风一掠过，到处飘动着丰收的气息。

那时，农村人能吃饱粗粮，就是挺幸福的事情，吃顿大米饭是件奢侈的事儿，只有过年的时候才能吃上。孙景坤却觉得，过上好日子的标准，就是让队里人像城里人那样，吃得起细粮，天天饭碗里有大米饭。

想吃大米饭，就得种稻子，前阳公社的柳林有几百年的水稻种植经验，向公社的农业技术员学习，种出皇上才能吃上的好稻谷。山城一队的社员们谁不想吃上大米饭，学习技术的劲头特别足，土壤、育秧、插秧、灌溉、排涝、田间管理等等，学得特别仔细。

从东沟学习回来，忙完秋收，山城一队便开始大搞农田基本建设，因地制宜，挖淤泥、造台田，向烂泥塘要粮食。孙景坤穿着水靴，带头蹚入烂泥当中，开始筑台挖沟，把烂泥塘分出旱地和水田。最后还要把淤泥返回台田，成为水稻的养料。为了能在缺水时灌溉稻田，孙景坤还在大沙河建了一座引水工程。

经过一个冬天的农田基本建设，这片五六十亩十年九不收的涝洼地，被改造成良田。

第二年开春，台上播种了苞米，台下插上了稻秧。春天苗齐苗壮，夏天长势喜人，到了秋天，一片丰收在望。

谁也没想到，一队孙队长就这么灵机一动，一举两得，荒弃的地变成了聚宝盆，玉米水稻双丰收。一时间，一段顺口溜在山城一队流传下来了，直到今天，老年人依然记忆如新：

山城一队大亚湾，
当年就是烂泥滩，
一遇水涝就不收，
如今变成米粮川。

山城一队的社员们，终于吃上了自己种的大米，虽说每一户只能分到一百多斤，和城里人每年供应的大米有距离，毕竟经过大家的辛勤劳动，缩小了差距。山城村的大米，得到了前阳柳林的真传，气候适宜，土壤也得到了改良，煮出的大米油汪汪，香喷喷的，不比前阳柳林差多少。一队的人都说，跟着孙队长，享受了皇帝的待遇。

后来，山城一队又开辟了几片稻田，孙景坤带着社员，向着天天能吃上一顿大米饭的路上奋斗。可是，人怕出名猪怕壮，国家统购统销的政策越收越紧，山城一队的水田被纳入了统购粮的种植范围，每年打下来的水稻必须上缴到粮库，老百姓称之为任务粮，交完任务粮，再从粮库领回返销的苞米和高粱。

这样下来，山城一队的人再也吃不到一等大米了。收稻扬场时，沉甸甸的一等稻装进麻袋里，等待着送公粮，扬场时飘得远一些成熟度不是很足的二等稻，才能留在队里，加工成大米，分给每家每户。即便如此，每人每年分个一二百斤稻子还不成问题。

向来听党的话的孙景坤，从没对政策质疑，何况上缴一斤一等水稻，能返销回两斤粗粮，解决了社员们吃不饱的问题。在吃不饱和吃得好的问题上，孙景坤选择的是细水长流，日子好过，不能一顿香之后，就挨饿。

挨饿，是孙景坤最恐惧的事情，从小饿怕了。在朝鲜战场，忍饥挨饿更是常态，他练出了忍饥挨饿的本事，别人三天不吃饭，就会饿倒下了，他却还能依如平常。为了节省粮食，孙景坤养成了只吃七分饱的习惯，不管桌上摆着多少好吃的，都不能诱惑他。如果说饥饿是最好疗法，那么，如今活到97岁还满面红光的孙景坤，就是被动长寿的。

除了向烂泥塘要田，孙景坤还向孔家沟里的山坡地上要产量，他珍惜每一寸土地，怕山坡地水土流失，带着社员们修筑梯田，把山坡地变成旱涝保收的良田。

栽草莓

虽说那是极左年代，但对孙景坤影响不大，他的头脑特别灵活，思想也很超前，带领山城一队，总是闷声不吭地搞副业。种草莓，就是他给队里带来的第一份副业。

在东沟县学水稻栽培技术时，孙景坤意外地发现东沟还有一种特产，那就是在东沟种植了几十年的草莓，这种草本水果，他只是在大户人家当雇工时见过，对于许多人来说，还很陌生。

那时，他们正在东沟育稻秧，孙景坤第一次尝到了草莓香甜的味道，那种滋味，他只沉浸片刻，立刻产生出一种冲动，山城村也要种草莓。那个年代，许多人都没见过草莓，更别说尝到过了，价格也超出了人们承受力，不过，好东西即使再贵，也会有人需求，他立刻虔诚地向人家询问栽培技术。

看到孙景坤如此真诚，技术员干脆受聘于山城村，上门指导种植技术。

草莓很容易种活，会种菜就会种草莓，可把草莓种出个儿大、汁丰、味甜可不是容易的事情。草莓对纬度、温度、湿度还有土壤的要求极高，只有北纬40度潮湿温润具有腐殖土的地方，才适宜。

与东沟相比，山城村的条件有一点儿差距，只沿一条大沙河，没有沿海。就像大米，山城村的大米再好吃，也成不了贡米，但咱们可以把自己当皇帝。草莓咱们不像东沟那样，出口替国家创汇，那就进口，进到老百姓的嘴里。

山城一队的耕地有限，没有种草莓的地块，在技术员的指导下，孙景坤在孔家沟里朝阳的山坡下，开辟了一片草莓种植园，那里阳光足，春来早，温度高，适合草莓的特殊气候要求。新开辟的荒地，土壤条件不够，那就把粉碎的秸秆、农家肥与合适的泥土配合在一起，铺在开辟的荒地上，给草莓造成一个适合生长的温床，栽培出和东沟一样的"秸秆草莓"。

开始的时候，山城一队只出售草莓，后来，草莓被越来越多的人认可，栽培的生产队也越来越多，山城一队开始出售草莓苗，副业收入又增加了一项。据时任生产队会计曲华成回忆，山城一队单凭草莓一项，每个劳动力每天的分值能增加二毛多钱。20世纪50年代末，一毛钱不是零花钱的概念，许多日常用品，才几分钱一斤，一毛钱已经不少了。

直至20世纪70年代初，丹东地区不少生产队的分值只能买四盒火柴（八分钱），大多数四五毛钱，为吃饱肚子而发愁。而山城一队早已解决了温饱问题，不为吃粮发愁了，成了丹东市比较富裕的村落了，生活面貌改变的程度，远远地就能看到，山城一队消灭了茅草房，全都盖上了大瓦房。孙景坤家劳动力少，在山城一队的收入中等偏下，也建起了三间清堂瓦舍。半个世纪过去了，那三间瓦房，只是简单地修补过，和村里所有人家一样，依然没有显得破旧过时。

直至今日，丹东的特色产品"九九"草莓，获得了"国家地理标志商标"，成为全国地域品牌百强，蜚声海内外。山城村依然是其中的一个生产基地，向市场提供产品，基础就是当年孙景坤当队长时打下的。

种树林

山城一队的前山和后山，原来是光秃秃的山，尤其是前山（山名为滚兔岭），1958年建了硫黄厂，熏得山上寸草不生。后来，因为种种原因，硫黄厂停窑下马。看着荒弃的山，孙景坤心疼啊，20世纪60年代初，他带着山城一队的社员，扒了破损的窑，在山上栽下了落叶松，几年下来，一尺高的小苗逐渐长高，把整座山都铺绿了。

半个世纪过后，每一棵落叶松都长成材了，树干粗得一米八几的大个儿都搂不住。想想当年，环境被污染成寸草不生的山，种植每一棵树都需要改良土壤，都需要拎水上山，种活每一棵树是多么的难。孙景坤把每一棵树都当成了战友，看着它们横成排，纵成列，挺拔玉立，就像列队出征的战士，种活它们就像看到了当年的战友，就当他们起死回生。

种植落叶松，给村庄穿上绿装，是留给大自然、留给子孙的财富，却不能改变眼下村民贫困的生活状态，这使孙景坤心里很不安，拼死拼活地打江山，不就为了让人民过上好日子吗？增加社员的收入，是摆在面前迫切的问题。

孙景坤想起了新中国成立前外村的一个地主，每年很大的一笔收入就是来自板栗树，他家种的油板栗，个大，味醇，又甜又面，特别好吃。从小穷怕了的孙景坤，对那种板栗有很深的记忆，既然地主能拿它出钱，我们怎么就不能？

那时，后山没有受过硫黄的污染，土质也很好，适合种板栗，孙景坤又是培植又是嫁接，使出浑身力气，终于搞出了和老地主家一样的板栗树。几年过后，后山栽满了板栗苗。板栗结果时，分给队里的社员，既可以当粮吃，又可以卖钱。

又过几年，树长大了，每株产量增加到了六七十斤，一棵树就能给山城一队带来一百多块钱的收入，相当于城里一个工人四个月工资。几万株板栗树，就是山城一队的摇钱树啊。

孙景坤不太会算账，不过有一笔账他算得很清楚，山城一队的每寸土地都不能荒废。会算账的是生产队的会计曲华成，他很清楚地记得，二十几年时间里，队里种活的落叶松和板栗树，至少也有十三万株。

这些板栗树，成了梧桐树，外村的姑娘纷纷到山城一队找对象。即使到了改革开放后，外村姑娘嫁进来之前，还要问一问，你家有几百棵板栗树？如果有四五百棵，对象就成了。

板栗树让山城一队辉煌了三十年，直到20世纪末物质极大丰富之后，山城村的板栗才不那么耀眼了。当年孙景坤栽下的板栗树，如今的树龄大多数超过六十年了，对于一个人来说，那是个由幼年到老年的过程，可对于板栗树来说，却是盛果的壮年。作为丹东特色产品的品牌，山城村的板栗依然是主要产地之一，也是农民增收的一条渠道。

度饥荒

1960年，我国进入了最艰难的三年困难时期，山城村也不例外。尽管那一年山城村并不歉收，可是山

带领村民种树绿化荒山

城一队的平地改成了菜地，产出的蔬菜，全额供应给市里的蔬菜公司，城里人也在挨饿，急需瓜菜代，供应给市民，也是救城里人的命。洼地水田种的稻子，山坡地种的是黄豆，上级都给定了任务，必须全数上缴到粮库。队里的口粮田，已经不多了，只剩下能种高粱苞米的台田，还有山上的梯田。

往粮库送公粮的时候，全队的社员是含着眼泪呀，这些都是救命粮啊，都送走了，大家怎么活？孙景坤是党员，国家有困难了，不能只顾小家，不顾大家，要以大局以重，咬着牙也要完成任务。社员们之所以听孙队长的话，是他们相信队长能够带着他们渡过难关。

从粮库领回返销的苞米和高粱并不多，根本不够吃。他们大眼瞪小眼地瞅着孙景坤，遇到需要克服困难的事情，他们习惯依赖队长。这种依赖，来自孙景坤的人格魅力，队里所有的事情，遇到困难，他都是吃苦在前，碰到好事儿，他都是先人后己。

还有他的威信来自他的诚实，"大跃进"浮夸成风，亩产吨粮已经成了低产田。亩产吨粮，对于现在来说，也是高产田，在那个年代，亩产四五百斤就不错，亩产吨粮是瞪着眼睛说瞎话，可人们吹起牛来，却毫不含糊。

孙景坤是实在人，没有跟风浮夸，如实报告了产量，虽然挨了上级的严厉批评，却留住了全队的口粮，大田作物没有全部上缴公粮。

祸不单行，1960年的夏天持续暴雨，造成了百年不遇的大雨，大沙河的洪水漫过堤坝，山城一队的大片菜地一片汪洋。孙景坤不顾自己不会游泳，蹚在浑浊的洪水中，带着社员冒雨排涝。蔬菜在水中泡久了，就会锈死，本来就挨饿，城里人更没菜吃了，必须及时把水排出去。

水下去了，蔬菜地露出了绿色的秧苗，但看着还有无法排掉的水渍，孙景坤无力回天，他是欲哭无泪。

第一年困难时期就这样度过了，虽然人人都吃不饱，却没人饿得浮肿，也没人饿死。

第二年更加艰难，尽管房前屋后，田头地脑都栽种上了地瓜，山城一队土地没有空闲的地方，都栽种上了各种能吃的作物，正是青黄不接季节，一天一人不到三两粮，还没有其他的副食，挨到秋后，还要等上一段时日。孙景坤想尽各种办法，给大家找吃的。平时烧柴用的玉米芯，被放在了碾盘上，用碾子推，轧成粉末，再过滤出淀粉。

还有柞椤树叶子，平时大家蒸满族食品柞椤叶饼时，怕粘手，铺在底下，既能把树叶的清香蒸出来，又方便了手拿食物。此时，柞椤树叶成了好东西，也被粉碎了，捞出淀粉。有了这些淀粉，掺进些苞米面，兑入一些野菜，再熬出稠面糊。

即使到了困难时期，公社还要搞一大二公，社员的自留地全部收归生产队，男女老少都要去生产队吃大食堂。向来听话的孙景坤，第一次提出反对意见，社员没有自留地，不利于度过饥荒，老人、孩子、病人和残疾人行动不便，有可能赶不到饭时，吃不上饭，会出饿死人的问题。

因为固执己见，孙景坤背上了这辈子唯一的一次处分，直到三年后，才被撤销。

淀粉吃光了，不能眼瞅着饿死了，孙景坤就带着社员们进山，采野果野菜，采榆树叶、榆树钱。最后实在无食物可采，就扒榆树皮、桦树皮。榆树皮磨成粉，滑溜，掺在多难以下咽的食物里，都能顺利地吃下去。没过多久，那座山上的榆树皮、桦树皮就全被扒光了，扒得山上一片白。

人活一张脸，树活一张皮，树皮被扒光了，必死无疑。孙景坤对着白花花的一片山说，等年景好了，再栽上树,要对得起这片救命的山。

孙景坤虽然听话,却不是死教条,也不是硬挺着,没有粮,向上边打报告,不批,他就另想办法。复员多年了,他从未给部队的首长找麻烦,可为了全队的生计,他找到了当年的老首长,以不能饿死大牲口为名,促使上级特批给了他们队里一些粮食。

这些本该喂牲口的粮食,孙景坤并没有喂给牲口,人饿死了,留着牲口还有什么用?虽说饿死大牲口,会挨处分的,但他不在乎,把喂牲口的粮食二十斤三十斤地分出若干份,送到了身体弱、没能力自找食物的困难户家中,让他们在家中"开小灶",度饥荒。

熬到了秋天,地瓜的产量出人意料地高,山城一队提前度过了困难时期。

那时候,孙景坤全家里老少十口人,老闺女孙美艳还没出生。父亲年龄大了,母亲一双小脚不能下地干活,最大的孩子孙美丽才10岁,壮劳动力只有他们夫妻二人。养活一大家子人,真是不容易,妻子张秀兰每天天不亮就起来,房前屋后种蔬菜,种地瓜,后院靠山的墙根种南瓜,让秧子直接爬到山上,不影响菜园里其他作物生长,就差没把蔬菜种进墙缝里。

孙景坤一门心思地扑在队里，张秀兰的勤劳，弥补了丈夫不顾家，即使没有粮食，多种出几根黄瓜，也不至于让孩子们饿得身上浮肿，直捂肚子。

不关心孩子，是孙景坤这辈子最大的"毛病"，可他却是山城村出了名的孝子，不管自己受了多大的委屈，也不耽误他孝敬父母。在生产队吃食堂，他的那一份，迟迟不吃，而是拿回家去，留给父母吃。

别人吃不下去的草根，树叶，他却嚼得很香。别人问他，又苦又涩，怎么往下咽啊？他淡淡地一笑，我是属鼠的，有啥不是鼠的食物？其实，他也不想吃这些，那是在朝鲜战场上磨炼出来的，嚼冰啃雪吃草根，三天吃一个小土豆都是奢侈的，早就练出战士的钢筋铁骨。美国鬼子算着封锁的日期，早就超过了七天的饥饿极限，认为坑道里的志愿军都饿死了，大摇大摆地侵入阵地，结果吃了战士们的枪子。

困难时期再困难，有朝鲜战场困难吗？经历过抗美援朝，我们还能惧怕什么。困难时期，共和国挺过了最艰难的时刻，山城一队没有一个人因饥饿而死。就是因为有一群像孙景坤这样奋斗在基层的脊梁，他们不怕苦，不怕难，为国分忧，为民解愁。

换任何一个国家，或者中国历史上的任何一个时代,饥荒都会带来暴乱,而我们,却平稳地度过了,那是来自党的凝聚力。

搞副业

复垦河滩地,改造涝洼地,平整山坡地,积肥造粪,改良土壤,经过二十年的努力,孙景坤稳定了山城一队的耕地,每年的农业生产,都可以按部就班地进行了。

提到改良土壤,还要啰唆几句,庄稼一枝花,全靠粪当家,20世纪70年代,化肥还很少见,想让庄稼丰收,粪肥特别重要。别看孙景坤平时少言寡语,人缘却很好,他为人厚道,实在,肯干,很少向别人提要求,一旦他张了嘴,很少有人驳他的面子。

到市内担拉粪,就是孙景坤靠面子争来的,毕竟山城村供着市民吃菜,粪与菜是互为因果的关系,市政部门把市内某一段落厕所的"专利",让给了山城一队,让市内的粪肥源源不断地挑到山城一队。

据山城二队队长刘振发回忆,老孙头一根扁担挑着两个装粪的大木桶,装满了有一百多斤,每天天不亮就出发，带着社员到市内的厕所淘粪，再沿着十六里的盘山路往回挑，天亮时已经赶回山城村。

这个行当，改革开放之后，已经消失了，可在当年，那也是不得了的事情。就像今天，假若有人提供免费的化肥，照样会争得不可开交，那个时代，城市的厕所就是当今的化肥，不是随便给人的。

看过路遥的小说或者电影《人生》的人，对争粪的描写，就是那个时代的真实写照。山城一队的菜地与耕地，就是这样年复一年地养成了肥沃的土地。

种板栗、栽草莓，那是出于孙景坤朴素副业意识，而种植蔬菜这个副业，是上边要求的，被动的，有任务，山城一队最肥沃的一大片土地，成了城市蔬菜基地，丹东市的菜篮子。浇灌、施肥、铲蹚，哪个时令种什么菜，啥样的蔬菜需要掐尖打蔓儿，啥样的瓜果需要人工授粉，这些都不是按天算的，而是按照时辰计算，该卯时干的活儿，决不能拖到辰时。有时别人起不了那么早，他就亲自披星戴月地干。

正因为孙景坤严格的生产管理，山城一队的蔬菜，一向都是丹东市民抢手的货，尤其是大白菜，每颗都有二十多斤。

孙景坤的长子孙福贵回忆道，20世纪70年代初，黄瓜长得有二尺长，茄子大得一个都有二斤重，若是装上个大南瓜，塞上几只大青椒，装进菜篮子里，让十几岁的他从地里拎到家里，都拎不动。

一百多亩的菜田，让山城一队的土地附加值增加了好几倍。

和土地相关的副业，给山城一队带来了甜头，孙景坤的想法越来越高了，村里通电了，浇地有了水泵，很多靠人力干的活儿，都用电力替代了，上边分配给山城村拖拉机，翻地不再只靠牛耕马拉，一垄一垄地用犁杖翻，大马车也不那么忙了。生产效率高了，生产队不再需要那么多的劳动力了，闲着会让人变懒的。

孙景坤把眼光跳过庄稼地，跳到了山那边的丹东市区，向工农结合要效益。他不断向市内联系，找到相关单位，送人出工，送车拉脚，揽活施工，给生产队挣更多的钱。

城市搞建设，需要挖沟砌墙，少不了山城一队劳动者的身影；市里的工厂急需有人扛麻包，山城一队集体出动，一夜之间码成大垛；从火车站到兽药厂的短途运输，少不了山城一队奔跑的马车；新华造纸厂的废纸挑拣，少不了山城一队女社员和半大劳动力出工。

孙景坤管理生产队的模式，就是在部队当排长的模式，他把社员当成士兵，劳动当成阵地，让每个人各尽所能，发挥出最大的作用。

20世纪70年代初，丹东的大多数生产队，每日平均分值才三四毛钱，贫困的村落，分值才一二毛钱，而山城一队的分值已经一块多钱了，出满勤的劳动力，挣的钱不比城里的工人少。

有了钱，山城一队的社员开始改善居住条件，一户接一户地翻盖房子，把从前的茅草房扒掉，盖上敞亮的大瓦房。听到每家每户搬新家传来的鞭炮声，孙景坤的心里也是美滋滋的，奋斗了十几年，让大家过上好日子的愿望终于实现了。

是啊，当生产队长二十六年，孙景坤始终保持部队的作风，做事情雷厉风行，脏活累活亲力亲为，始终保持着"一不怕苦、二不怕死"的精神。别看他总是那样平和，从不多言多语，却是不怒自威，每说一句话，都是板上钉钉。在他的影响下，山城一队的人，莫说是偷摸的行为，就是上工时偷懒，都觉得对不起老队长。村里的人都说，山城一队民风正，干劲足，是老队长言传身教带出来的。

正因为如此，山城一队集体的力量无限扩大。

去年国庆节，笔者第一次在山城村采访时，村里的老党员们充满激情地说，老队长一生恪守"默默无闻地做人、踏踏实实地做事"的原则，一辈子不忘初心，他是党员中的党员，样板中的样板，战争时的英雄具有偶然性，可当和平时期的英雄，那才是一生一世的英雄。

抓工业

无农不稳，无工不富，无商不活，这句话孙景坤在实践中已经摸索了二十年，直至20世纪90年代才被广泛提出。从某种意义上讲，不懂得什么叫改革开放的孙景坤，已经在让人们过上好日子的美好憧憬中，逐渐地总结出了经验，放开了自己的手脚。

就是因为孙景坤小建筑队、小运输队、小装卸队、小加工队做出了名声。1972年，村里要发展"五小工业"（中央政府第四个五年计划提出的，在县以下建设小钢铁、小煤矿、小机械、小水泥、小化肥五种工业企业，直接为农业生产服务），把他抽调到山城大队部，抓五小工业，同时，还兼任山城一队的生产队长。生产队的日常事务，由小他14岁的副队长孙明盛主持。

从此，孙景坤一个人挑上了两副担子。

就像当年攻打敌人的阵地，孙景坤到了大队，一个山头一个山头地攻。队办工业，基础薄弱，一口吃不了胖子，先易后难。孙景坤先成立了豆腐坊，这个离百姓生活最近，成本核算最容易，赚多少能一目了然，便找来村里的老豆腐匠，把豆腐坊开起来了。接下来是组建木匠车间，这个更简单，每个木匠都有自己称手的家伙什，只把村里会做木匠活的手艺人聚在一起，村里负责找活干，尤其是市里盖楼，最缺的就是手艺好的木匠。再有就是铁匠炉，村里原来就有，每个生产队挂马掌，打镰刀、锄头、铁锹、铁镐，修补铁犁杖、农具，后来在铁匠炉的基础上，又增加了项目，制造钉。

这些与村里人的日常生活，农业生产息息相关，也是大家平时接触最多的，都有成型的经验，孙景坤并不觉得难。让他操心的是，后来上马的一些工业，他确实是个门外汉。转业时去工厂，他不愿意去，因为惦记着父母。转了一圈儿，二十年过去了，又转到了工厂，这次是逼上梁山，他不想做也不行。

机床厂成立了，对外加工珐琅盘，孙景坤对着那些画纸、数据，眉头皱起老高，那是擀面杖吹火——一窍不通。不过不需要他掌握技术，车床有人会操作，需要他去跑外，把珐琅盘推销出去。

电焊制作车间成立了，弧光闪闪，小到每家每户的铁大门，每个生产队的装水罐，大到工厂的锅炉与槽罐，弧光从村里闪烁到市里。

随着效益越来越好，生意越来越广，石材加工厂、塑料厂、印刷厂，一个接一个的厂子接二连三地建了起来。孙景坤忙成了陀螺，天不亮就出发，天黑了才回家，两头不见日头，孩子们虽然都长大了，可也处在贪睡的年龄，一天也见不到父亲，居然成了经常的事情。

这种没日没夜的日子，一直持续了八年。

笔者两次采访孙景坤的子女们，七个孩子，对父亲居然都是一个评价，我爸这个人，不管家，一天也看不着，对我们像生人一样。谈到他们的母亲，每个孩子都是红着眼圈儿说，我妈太不容易了，累了一辈子，上有老下有小，每个孩子的冷暖都牵挂在心上，一天福也没享着。

张秀兰是2003年去世的，享年76岁，患的是癌症，那一年孙景坤虚岁80，失去了老伴儿，他一下子就衰老了。

1981年，年近六旬的孙景坤，被镇里相中了，免去了他当了二十六年的生产队长的职务，也免了他山城村五小企业负责人的职务，担任蛤蟆塘镇预制板厂的厂长。

孙景坤离开了山城村，"五小企业"也就失去了主心骨，不再红红火火，没过几年，有的转为了个体经营，有的被承包出去各显神通了，有的因为技术落后，淘汰停业了，有的质量不过关，失去了竞争优势，有的是重复建设，浪费资源，天生不足，更没发展前途了。再后来，这些企业就销声匿迹了。如今在山城村，招商引资进的现代规模企业比比皆是，整个车间见不到一个人，全是自动化控制，当年简陋化的生产已经时过境迁，成为历史。

但历史不会忘记的是老一辈人老黄牛般的奋斗精神。

进入20世纪80年代，随着改革开放步伐的加快，丹东的城市建设也日新月异，对各种水泥预制板的需求也是与日俱增。在孙景坤军事化管理的方式下，各种预制件有条不紊地按照流水线生产，质量是梆梆过硬。很快，预制板厂的各种水泥构件供不应求，订单下到了半年后，产品成了抢手货。

那时做预制件，机械化程度不高，铺钢筋、浇注水泥混凝土、振捣等，许多活儿需要人工完成，不趁着水泥凝固之前抢时间干完活儿，会影响预制件质量，预制件完成了，还需要浇水养生。

每件产品，孙景坤都盯在现场，带头干，经常累得回到家里，一摊泥般躺在炕上，腰疼得直不起来。妻子帮助给揉腰，第二天早上，他又精神抖擞地去上班了。

企业效益好，本来是好事儿，可效益好，需要数字说话，这恰恰是孙景坤的短处，没文化，不会算账，找来会算账的人帮助算。遇到好心人，会算得笔笔有宗，遇到心眼活络的，想占便宜的人，数字就有问题了。

虽然数字算不准，可看人，孙景坤却是心中有数，吃点小亏不算啥，衡量出了人的品行，纠正了，不会影响企业的运转。

1984年，随着农村土地承包制度的广泛推广，乡镇企业也开始了承包经营。蛤蟆塘镇预制板厂也要实行个人承包经营。孙景坤是厂长,有优先选择权,虽说他算账能力不强,可他七个孩子,最小的女儿都20岁了,谁不是一把好帮手?加上他善于管理,拥有人脉,预制板厂承包给他,那可是一笔可观的收入。

孙景坤却想不通,集体经济就是集体经济,又不是干不下去了,凭什么承包给个人经营?不是什么都是一包了之,集体主义精神谁能承包?一心为公的传统谁来继承?难道部队打仗也承包出去?

干了一辈子集体的孙景坤,不想当"资本家",可执行党组织的决定,是他的习惯,脾气平和的他,没有和组织讲价钱,平静地放弃了利益。他已经60岁了,也许是老了,跟不上形势了,看不懂,他选择了告老回村,回家种地。

第八章　藏不住的军功章

军功章

从孙景坤放下枪杆子，抓起锄把子开始，他就当自己从没有当过兵，把战争年代的经历封存在记忆里。主动复员回到山城村，到家放下行李，第一件事儿就是从行李里拿出所有的军功章，包裹在一起，让老妈压在箱子底下，保管起来。

尽管有些多事的乡邻老生常谈，说老孙的兵是白当了，只剩下"一个老妈，一身伤疤"。他从不辩解，也不拿出军功章为自己辩白。所以，村里人没人知道他是个功臣，就连家里人也不知道。

孙景坤的长子孙福贵有个玩伴，叫张德胜，管孙景坤叫二大爷，常到孙家玩。二大爷的孝顺，张德胜经常看到眼里。孙家吃饭放着两张饭桌，二大爷陪着父母在小饭桌上吃,勤快地给父母盛饭,夹菜,照顾年迈的两位老人。二大妈照顾着七个孩子,在大饭桌上吃饭。大小饭桌的饭菜差距不大,但小饭桌时常开一点小灶,那是二大妈做的适合老人家胃口的饭菜。孙家敬老的这种习惯,在孙景坤的父亲孙文友去世后依然保留,孙景坤一个人陪着老妈吃饭,直到70年代末82岁的老母亲去世,一家人吃饭才回归到一张大饭桌。

那是20世纪60年代末,孙福贵十二三岁,张德胜比孙福贵大一两岁,孙福贵的大弟弟孙福堂,只比哥哥小一岁。三个半大小子,淘得很,翻箱倒柜,把家里的东西掏个底朝天。那些军功章就是被三个淘小子翻出了箱子底。

张德胜清楚地记得,那些军功章包在一条"赠给最可爱的人"毛巾中,里面还裹着一层红布。在崇拜英雄的年代里,把这些军功章戴在胸前,那是多么荣耀的事情,尤其是孙福贵,心中最大的愿望,就是当兵,每逢下雨时,经常趴在玻璃窗前,念叨那时流行的一首儿歌:大雨哗哗下,北京来电话,让我去当兵,我还没长大。

三个孩子把军功章当成玩具,你一个我一个地分配着军功章,戴在胸前,满大街地显摆。孙景坤的母亲见拦不住孩子们,任孩子们去玩,只是再三叮嘱孩子们,不要弄坏了。

这是军功章被收藏了十五年之后,第一次露面。平时安静寡言,从不发脾气的孙景坤,那一次发了很大的脾气,平时对母亲百依百顺的他,这一次破天荒地埋怨了几句。孩子们不知道错在哪里,以为不该把家里弄乱,乖乖地交出了军功章。他们并不知道,父亲不想让军功章露面。

在大家胸前都戴着毛主席像章的年代,挂在三个孩子胸前的那堆军功章,并没有引起多大的关注,只是有心人恍惚觉得,孙景坤的兵,当得不像那么简单,否则,回村里做了那么多事,怎么会那么有板有眼,指挥得当?

疑问就是疑问,一划而过,心细的人也问过,孙景坤只是一笑了之,纪念章罢了,不值得一提。从此,那些军功章再也不是孩子们的玩具了,被孙景坤深藏起来,没再露面。

直至位于丹东的抗美援朝纪念馆易地重建,需要征集资料,在工作人员的劝说下,他犹豫再三,才默不作声地将立功证书、立功喜报和部分珍贵老照片捐出来，送给纪念馆永久保存，之后，又回归到平静的生活中。

至于那些军功章，纪念上甘岭战役六十周年时，相关部门找到他去北京参加活动，需要穿军装拍照，他才从深藏的箱子底下找出，重新挂在胸前。可是，挂在孙景坤胸前的这些军功章，还是少了好几枚，孩子们不懂得珍惜，拿出去玩时，弄丢了。好在父亲没在意，没有责备孩子们。

笔者从丹东市委宣传部提供的材料上，看到了孙景坤在解放战争和抗美援朝战争中，荣立一等功一次、二等功两次、三等功两次，并被授予解放东北纪念章、解放华北纪念章、解放中南纪念章、解放海南岛纪念章，还被朝鲜民主主义人民共和国授予抗美援朝一级战士荣誉称号。这些军功，都是现存有章可查的，笔者在采访一一九师的后代们以及在相关资料中发现，孙景坤立下的二等功、三等功，已经超过了材料上的次数，只是军功章丢了，孙景坤自己也回忆不起来了。

书的秘密

那些军功章,给张德胜留下了不可磨灭的印象,既然有军功章了,一定有打仗的故事。那时,他们对打仗的故事具有浓厚的兴趣,总想探究军功章的秘密,根本不理解,战争留给孙景坤的心灵创伤,那种痛苦,是往事不堪回首。

秘密是偶然的一次机会被张德胜发现的,丹东东风造纸厂是山城一队的合作伙伴,队里经常派人到造纸厂劳务输出,张德胜也和大人们一块儿到厂里忙活,整理废旧纸张、书本,送到设备里,打成纸浆。这时候,张德胜在废纸堆里发现了一本书,书名叫"战斗在朝鲜"第二卷,是中国人民志愿军第四十军政治部编写的。

对于爱看打仗故事的孩子们,喜欢得不得了,张德胜不忍心将此书扔进设备里,化成纸浆,悄悄地掖在了怀里,拿回了家中。躺在炕上一一翻看,看着看着,孙德胜一下子就蹦起来了,里边有一篇文章,篇名是"奋战在危急情况下的副排长孙景坤",讲的是孙景坤在161高地战斗的故事。

张德胜如获至宝,拿着书,跑到了孙家,翻开书中的九十七页,指着篇名旁的胸前挂着一堆军功章的画像,兴奋地对孙景坤说,二大爷,你上书了,你是书上的英雄。

孙景坤平静地说,那不是我。

张德胜一字一板地往下念,孙景坤还在说,重名了,不是我,直到念到副连长支全胜的名字时,他突然插嘴,他才是真英雄,腿都打没了,随后,脸色凝重,眼里含泪,自言自语道:"都牺牲了",就不让孩子再念下去,叮嘱孩子把书收起来,不给别人看。

当时,张德胜满心欢喜想听打仗的故事,没想到会遭到拒绝。许多年过去后,张德胜已经是成熟的中年人了,总想解开心中之谜,多次询问孙景坤,二大爷,为什么不承认是自己?

孙景坤平静地说,活着回来,就占了大便宜,白话这件事儿,丢人,没脸去见死去的战友们。

其实,那本书,孙景坤手里有,出书的当年,志愿军四十军政治部就发送给他一本,和保存那些军功章一样,也被他深藏了起来。

书的秘密就这样被张德胜保留了下来。那件事情过去了半个世纪,直到纪念中国人民志愿军出国作战七十年之前的国庆节假期,笔者到山城村采访,跟随了老队长孙景坤半辈子的副队长陈明盛、老会计曲华成,才知道有这本书,记录了老队长当年抗美援朝时的英雄事迹,立下过了不得的战功,还被评为2020年度"辽宁好人·时代楷模",否则,他们一辈子都不知道他们一直跟着的这个从不发火的老队长,是个大英雄。

战友重逢

战场上的生死之谊,那是终生难以忘怀的,161高地守备战过去了二十多年了,孙景坤念念不忘从高地上一块下来的战友。然而,离开了战场,各奔东西了,寻找起来,也并非易事,他知道周腊生是江西人,趁着给村五小企业搞销售到江西出差,特意找了一趟,却是音信皆无,失望而归。

比较容易找的是副连长支全胜,一条腿扔在了朝鲜,另一条腿也受过重伤,哪儿也去不了,只能住进荣誉军人疗养院,而专门收留志愿军伤残人员的荣誉军人疗养院就那么几家，他转业时听说过，副连长留在大连了，试着写了封信，果然联络上了。两位生死战友一见面，哭成了泪人，互相问询了些分别后的情况。

听着孙景坤如数家珍地向老连副汇报建设家乡的事情，支全胜摸着自己的空裤腿，沉默不语了，虽然孙景坤选择了回村当农民，可风风火火，为国家建设办了那么多实事儿，年过半百了，还在为家乡建设奔波，而他自己呢，待在疗养院里，天天被人养着，不能为党工作，碌碌无为，实在是难受。

孙景坤走后，支全胜想站起来，为党工作的愿望越来越强烈。随着医疗水平的提高，我国仿假肢的造作技术越来越成熟，不再像从前那样做成木假腿，沉甸甸的，练习走步没几天，大腿根处磨得鲜血淋淋，只得又回到轮椅上，让别人推着走。

那时候，临近离休的三五七团老团长朱玉荣，离开了四十军军长的岗位，调任旅大警备区任参谋长，在《旅大日报》（那时的大连市改称为旅大市）庆祝八一建军节的一则消息中发现了支全胜的名字，找上门来。两个战友就这样联系上了，自然，孙景坤也和老团长建立了联系。

支全胜特别羡慕孙景坤，天天为老百姓奔忙，成为社会上有用的人。那时他安上了新假肢，经过艰苦练习，他已经能离开轮椅，独立行走了，他向老首长提出，转业到地方工作。

疗养院的院长考虑到支全胜的残疾状况，不同意他转业，志愿军的二级战斗英雄，整个疗养院也没有几个，国家有义务照顾他们一生。

但支全胜却认为，这种"照顾"是负担，他已经能自食其力了，不给国家添麻烦。在他的强烈要求下，院长勉强答应，同意他到地方试试。经人介绍，支全胜到了大连纺织厂实习了三个月。实习期满，他说什么也不回疗养院了，直接转业到纺织厂，担任车间党支部书记。他在剩下不多的工作年限里，尽职尽责，兢兢业业，直到离休。

听说副连长转业了，孙景坤特意从丹东赶到大连来看望，也见到了分别了许久的老团长。当着老团长的面，孙景坤也"批评"支全胜，跟我比什么，我全须全尾的。

再后来，老团长和支全胜都离休了。老团长虽然是正军级离休，却没赶上授衔，当了不是将军的将军。离休之后的老团长，穿着普通的便服，提着布兜

子，和市民们生活在一起，平和、恬淡，一点也看不出当年在战场上叱咤风云的样子。

支全胜是在工厂离休的，不再享受部队的待遇，工资不高，生活还是比较清贫的，他和老伴办了个家庭幼儿园，一方面补贴家用，另一方面看到孩子们健康成长，对他是莫大的安慰。支全胜的儿子支文军，也没有满意的工作，父亲坚决不求老团长，给儿子找了个收入不高的工作，生活压力一直很大，始终忙忙碌碌。

孙家和支家的后代，也结成了兄弟般的友谊，支全胜让儿子支文军叫孙景坤为孙爸爸，没有你孙爸爸，你亲爸爸就交代在战场上了。孙福贵和支文军见面最多的话题，就是埋怨父辈，从来不为自己的儿女考虑。可他们的父辈却说，我们能把你们带到这个世界上，就是你们的福分了，那些牺牲的战友，连个后代都没有，踏踏实实地做人，勤勤勉勉地做事儿，比什么都幸福，衣食无忧了，还贪图什么富贵。

那一代老革命，都是这样，不要名，不要利，什么都没有保留，把一生献给了党，这就是他们这一代人的共同想法。随着时光的流逝，当年一一九师的后代们也都到了退休的年龄，有了闲暇时光，他们你连我,我连他,相互联系了起来,共同纪念和宣扬父辈们的事迹,看望在世不多的老战士,很多鲜为人知的故事传播了出来,包括孙景坤的故事。

几年前,年近九旬的副连长支全胜去世了,支文军把这个消息告诉给孙家。孙景坤沉默了一天,没有说话。他比副连长大两岁,90多岁了,战争时留下的种种伤病,折磨着他,他也不能站起来了,无法送副连长最后一程,只能用沉默表示哀悼。

最后一位老战友走了,孙景坤觉得特别孤单。

忘却不掉的纪念

事实上,没人能够忘却英雄,尤其是崇尚英雄的年代。20世纪70年代,电影是大家最追捧的文化生活,尤其在乡村,追上十几里,就为看上一场露天电影。孙景坤的二儿子孙福堂,是个电影迷,只要放映队到村里放电影,场场不落。

孙景坤对电影不感兴趣,尤其是战争影片,有时被大家拉扯着去了,看几眼,就走了,队里家里有忙不完的活儿,哪儿有闲心看电影。二儿子问他,打仗的电影多热闹,为啥不看。父亲对儿子说了真话,太假了,战场上的情景根本不是那么回事儿,英雄也不是挺身而出,战场上谁把胸脯挺得高,谁就会先死,哪有机会当英雄。

那一次,放映队到村里播放电影《英雄儿女》,二儿子硬是磨着父亲和他一块儿看,这一次,父亲看下去了,当看到王成对着步话机喊,为了胜利,向我开炮时,他却丢下儿子,回到家中。

孙福堂问父亲,为什么不看了。

孙景坤眼里噙着泪说,我知道那人是谁,他叫赵先有,六十五军的。说完之后,他又纠正了一下子,原话是:团长,敌人上来啦,向我开炮!打吧!

儿子那时还小,不知道当时父亲是什么心理状态。残酷的战争场面,又一次撕开孙景坤心里的伤疤,尽管他知道电影里的画面都是假的,他也承受不了那种冲击。儿女们被电影里的英雄吸引住了,根本不知道,真正的英雄,就是他们的父亲。

"风烟滚滚唱英雄,四面青山侧耳听,侧耳听……"电影音乐响起,回荡在山城村孔家沟的前山和后山,谁也不知道,孙景坤是不是在听,也不知道他听到"为什么战旗美如画,英雄的鲜血染红了她;

为什么大地春常在,英雄的生命开鲜花……"时,会不会为牺牲的战友而落泪。总之,孙景坤一直拒绝看战争电影。

许多年之后,电视普及到了每家每户,孙景坤每天看完《新闻联播》就走,任由儿女们随意调台,沉迷于他们喜欢的战争片中。

那一次,孙景坤能把赵先有的名字脱口说出,是因为战场上,首长曾经拿赵先有的事迹激励过大家。赵先有和战友们死守67高地57小时,最后时刻为了阵地不落入敌手,要求炮兵"向我开炮",与敌同归于尽。向我开炮,确实是那时大家共同的心声,美军的大炮太猛烈了,我军的炮火不压在阵地前打,就不能消灭冲上来的敌人,许多阵地就会丢失。

当年守备161高地时,孙景坤向团部喊话,和赵先有是一种心态,炮弹就往自己的眼前打,敌人就攻不上来,能活着回去是捡的。

盼望我军炮火压制住美军,向我开炮,是志愿军战士的普遍心声。

在纪念上甘岭战役胜利六十年的大会上,孙景坤和许多志愿军老战士一起去的北京,老战友们虽然是第一次见面,却是惺惺相惜,都知道彼此的传奇故事。从北京回来，他们就没断联系。老战友们大多年龄比孙景坤小好几岁，有的曾来丹东看望孙景坤。

这些被称为"活着的杨根思""活着的王成"的战斗英雄，早就被媒体炒热了，他们来看孙景坤，称孙景坤也是英雄，自然引起人们的关注。况且，纪念上甘岭战役胜利六十周年的时候，那些立过显赫战功的志愿军老战士受邀进京参加会议，组织上要求每个人都要把军功章戴上。

深藏军功六十载的孙景坤，终于走进了人们的视野，想藏也藏不住了。

军功藏不住

尽管孙景坤回避谈论战争，深藏着各种军功。可是，军史的档案是永久保存的，退役军人事务局的记载是清晰的，遗存的各种资料是翔实的，任凭时光流逝，这些都是永恒不变、无法磨灭的。深藏军功只是孙景坤的个人意愿，每逢重要节日、重要纪念日，孙景坤经常被相关单位挖出来，哪怕人不露面，功绩也要重新摆一次。

历史不能尘封。

2014年9月,抗美援朝纪念馆大规模地改扩建,通过多渠道发布消息,面向全社会征集抗美援朝的文物史料。纪念馆的"致敬最可爱的人"志愿团队,找到了孙景坤,向他讲述,文物是研究历史的物证,是陈列布展的前提,是进行爱国主义教育的生动教材,也是抗美援朝纪念馆展示、研究、宣教的基础和必要条件。

孙景坤被工作人员说服了,自己90岁了,再不把这些展示给后人,怎能让大家知道抗美援朝的艰难困苦,怎能让年轻一代深情地爱国?他便不再把军功深藏在自己家,默不作声地将立功证书、立功喜报和部分珍贵老照片捐出来。

如今,这些珍贵的资料已经陈列在抗美援朝纪念馆中,每年接受不计其数的人们的注目,默默无语地讲述着当年的峥嵘岁月。

2013年丹东市元宝区编撰地方史志,选取的年限是从公元1945年到2005年,总计六十年。一般来说,志书都厚得像砖头,元宝区志相比较薄,林林总总的篇章压缩了许多,等到了篇末元宝区人物简介一篇中。被列入词条中的人物,少得仅有十三人,都是大浪淘沙剩下的，都是六十年间在元宝区历史进程中有突出贡献，或者有着重大影响的，其他人物都被省略掉了，而且大多数是已故人物，早已经盖棺定论了，孙景坤便是极少数的健在者之一。

词条中，孙景坤的出生年月，入伍和入党的时间，参加了哪些战役，立过哪些战功，获得了哪些荣誉，受到哪些个国家领导人接见，记载得清清楚楚。

地方史志，就是一个地区一个阶段的历史文化留存，也备受当地人们的追捧，好多人家的书案上，都能摆上一本，孙景坤的名字和事迹白纸黑字印在那儿呢，就算他自己想藏功，也无处可藏。

50年代，想藏功并不难，作为抗美援朝的国内大前方、朝鲜战场的重要后方，丹东地区来来往往的志愿军战士，遍布全市的支前民工，传播各种英勇故事的渠道，宣扬英雄事迹的报告会比比皆是，人们习以为常了。

孙景坤的事迹，埋藏在众多的事迹中，没有露出冰山一角，是件很平常的事情。

刚复员回家时，按照规定，只要从战场上归来，村里都要给盖新房子，孙景坤说，家里已经有房子住了，不要。因此，村民们误会他许多年，认为肯定没立过功,村里好几个当兵回来的,都给盖了新房子,为啥没有他的?

年过六旬时,孙景坤告老回家了,农民不同于工人,没有退休金,回家就意味着除了土地那点微薄收入,没有其他经济来源了。孩子们都长大了,接二连三地结婚生子,分家另过,孙景坤囊中羞涩,哪个孩子都没管。

那几年,到处落实政策,孩子们知道父亲离开部队时的职务是排长,属于干部身份,应该享受离休待遇,到市里去找。孙景坤阻止了孩子,回村是他自己的选择,和组织无关,没有待遇理所当然。

孩子们继续劝父亲,让父亲找组织说说,孙景坤火了,训斥着孩子们,我说什么呀,和我在一起的,都倒下了,我还有什么可说的,你们不理解。

尽管生活很困顿,孙景坤也不肯向组织伸手。不管怎么说,他在村里镇里干过企业,耳顺之年后,自己也办了个"企业",在家摆了个柜台,办了个小卖店,卖一些生活用品,补贴家用。可是,山城村离镇里太近了,他人很实在,又不会算账,谁赊了账,也不会拿笔记下来,小卖店就开不下去了。

孙景坤又回到了他的老本行,种地,莳弄菜园子。

山城村支书邱大鹏对笔者说，老人家80多岁时，还那么要强，村里张罗着给他修房子，他依然拒绝了，自己爬上房去修，有企业家想赞助他修房子，他头摇得像拨浪鼓。

孙景坤年过90时，身体一年不如一年，尤其是受过伤的腿，想站都站不起来，只能卧床了。近十年，每逢年节，"七一""十一"，市、区、镇的领导，你来我往地看望孙景坤，退役军人事务局的人也是逢节不落地慰问老人家，照顾老人家的生活。山城村里的人也看出了端倪，孙老爷子不简单，年轻时肯定立过大功。

本来，孙景坤有资格进入光荣院，可他始终不肯去，直到2020年春天，在丹东市委宣传部的协调下，他才勉强答应，离开大女儿的家，入住坐落在凤城的光荣院。那一天，市医院的救护车破例为非抢救的病人出车，一路护送孙景坤到达凤城。

村民这才恍然大悟，原来老队长是个功臣，国家要把他管到底了。

事实上，早在十年前，村里已经开始"管"孙景坤了，老人家从来不要村里的补助、补贴，不是他的劳动所得，他拿得愧疚、不安，活得不坦然，所以，他始终拒绝。村支书邱大鹏说，你就是个普通村民，我们也应该帮助你，何况你还是个战斗英雄。

每逢听到这句话，孙景坤总是把话岔过去，往别的话题上说。实在绕不过去，只是叹了口气说，啥英雄啊，能活着回来，都是英雄，我连怎么活着回来的都不知道。

既然老人家执着地不要钱，那就"雪中送炭"，送他退不回去的东西，孙景坤身上无处不在的伤疤，到了老年病都找上来了，身体怕冷，大夏天还穿着棉衣。连续十年，无论孙景坤住在哪里，村里都要送上两吨越冬的煤。

煤送来了，孙景坤没有能力往回送，劝着邱大鹏，明年不要送了，战场上的坑道，那么冷，我们都挺过来了，有柴烧，有炕住，再冷能冷得过坑道吗？

村里刚开始给孙景坤送煤时，也有人攀比，说自己家困难，没柴烧，怎么不给他们家送煤。村书记邱大鹏早就拿话等着呢，你能和老队长比吗？人家舍生忘死上战场当英雄时，你干吗呢？在抗美援朝战争中立过一等功，能活着的，全国都不多了，这是山城村唯一的宝贝。

现在，各级组织如此呵护孙景坤，各种媒体铺天

盖地地讲述他的故事，英雄再度成为人们敬仰的话题，即使他再想藏功，也藏不住了。

回乡务农六十余载，孙景坤始终甘受清贫，只懂吃苦，不知享受，一家人在山城村始终过着中等偏下的生活。几十年如一日，他时时以革命军人的标准严格要求自己，似乎从没脱过军装。很多人不理解，问他，你本来可以躺在功劳簿上，为啥非要隐藏军功，这么拼命地干？

他很认真地说，活一天就是白捡来的一天，躺着享受，我死去的那些战友能安生吗？

就像战争年代深藏军功一样，孙福贵告诉笔者，回村以后，父亲的各种奖状摞起来快有两尺高了，却从不拿出来，依然深藏在家中，哪怕他被评为"时代楷模"了，也不展示给别人看。

现在，他承认自己是英雄了，不是为了自己，是为一个民族。

第九章　道是无情却有情

长女的"仇恨"

要说无情，孙景坤最无情的是对待妻子儿女。2020年10月笔者到山城村采访，儿女们齐声"声讨"父亲：我爸这个人，把自己"卖"给生产队了，从来没管过我们，一个甩手大掌柜。谈到母亲，他们都落泪了，说我妈这辈子太难了，上有老下有小，扛起了家里所有的事儿，从不多言多语，只知道干活儿，没埋怨过一句。等到安顿好了孩子们，没等过上好日子，她就得了癌症，受尽了折磨，才离开了这个世界。

孙景坤也承认，这辈子最对不起的人，就是自己的妻子。

结婚六天，他就扔下妻子，参军入伍，去解放全中国。妻子日夜担心他，寝食不安，怕收到牺牲通知书。父母担心他，盼儿子回家，眼泪都快流干了。直到接到中国人民志愿军司令部政治部发给父亲孙文友的喜报，他们才把担忧的眼泪变成欢喜的眼泪。他们知道，自己的儿子还活着。

当然，对自己，孙景坤也很无情。留在部队，就是重点培养的对象，转业回来，在工厂，当"领导阶级"，也是光荣无比。可是，他却像是没当过兵一样，回归到了原点。有人问起他，怎么这样傻，他总是说，我还活着，活着就是最大的幸福。

笔者采访老人的大女儿孙美丽时，她流着泪，毫不避讳地说，她这辈子最"恨"的人就是父亲，说她父亲是个合格的英雄，但不是一个合格的父亲。

孙美丽和她的名字一样，即使古稀之年，还是掩藏不住年轻时的美丽。可是，孙美丽5岁时候才发现先天不足——小儿麻痹，一生都是瘸着一条腿。

8岁时，孙美丽上小学一年级了，四块钱的学费她拿不出来，被老师罚站。那时候大家都很穷，学生间流行着一句顺口溜：哎哟我的天儿，穿鞋露脚尖儿，要想交学费，还得等两天儿。

不过，也不是所有的学生必须都得交学费，只要生产队开个介绍信说明家中情况，就能免学费。孙美丽患有小儿麻痹，罚站站不住，自尊心特别受伤。她不想丢这个脸，回家就让父亲开个介绍信。父亲说什么也不同意，说那么多学生呢，凭啥给你开，念不起咱就不念。

11岁时，孙美丽患上了脑膜炎，孙景坤背着女儿去医院的路上，她疼得挥起两只小手，一个劲儿地打父亲的脑袋。到了医院，眼看着就不行了，见惯了生死的孙景坤唉声叹气了一阵子，说道，这孩子活过来也是傻子，花这个钱不值得，不治了，死了算了。

母亲却坚持着，有一线希望也救，傻子也养！

虽然病重，父母的对话孙美丽却听得很清楚。这句话深深地刺痛了她，难道自己是件东西，说扔就扔，还是亲爸吗？

挺过了这场劫难，孙美丽活了过来，连医生都认为这是个奇迹，居然没有留下任何后遗症。反正也交不起学费，病好后，孙美丽就不念书了，回到家帮助母亲料理家务。毕竟还小，有一次，她做饭时烫伤了，也把饭做焦了，父亲居然什么也没说，大家依旧坐下来吃，焦煳的地方父亲也舍不得扔，全吃了。

孙美丽虽然腿脚不好，可她毕竟是家里的老大，老大就要带头干活儿。她带着两个弟弟上山打柴、搂草，下地拔割过的黄豆根，拿到家里当柴烧。柴草打多了，大姐腿吃不住劲儿，背不动，负重的体力劳动，由两个弟弟承担。

农家的孩子早当家，他们还没长大呢，就承担了家里的大量劳动。

再大一点儿，孙美丽就到生产队里上班了，父女俩常为工分争吵。别看孙美丽腿脚不灵便，干起活儿手很巧，加上她遗传了父亲要强的性格，干活不输男劳力，所以，评工分时，大家经常给她评上满分。孙景坤却认为那是大家看他的面子故意多评的，硬把工分压了一半。整个生产队没人跟孙景坤顶嘴打架，开先例的却是自己的女儿。女儿认为这不公平。

更不公平的事情发生在孙美丽16岁那年，那件事让她对父亲的"仇恨"一下子爆发出来。那年，电话局到村里招电话员，孙美丽双手灵活麻利，应急反应也快，被相中了。腿有毛病，坐着工作，正适合她。她正兴冲冲地准备上班，父亲却把这个名额让给了山城二队的另一个姑娘。父亲说，你文化低，别耽误了事儿。

文化低还不是因为父亲不给她交学费，不让她念书造成的！她和父亲大吵了一顿，甚至还说出了最狠的一句话：你死了，我一个眼泪疙瘩都不掉！从此，她不再理父亲，结婚了也没让父亲带一分钱的陪嫁。

对父亲这个疙瘩，孙美丽结了半个世纪，她始终解不开。电话员的工作是她自己找成的，人家相中的也是她，不沾父亲的光也就罢了，父亲凭什么给搅黄了，让给了二队的姑娘。她认为，年轻时的好时光都让父亲给毁了。

张秀兰去世后，孙景坤的情绪一直不好，愧疚是一方面，更重要的是依恋，人到了老年，最怕是没伴。自己单独过了几年，胃病、腿伤越来越重，尤其是阴雨天，腿像生了锈，迈步都吃力。于是，孩子们把他送进了丹东市第二福利院，让老人家由专业人员服侍。

然而，孙景坤在养老院里住不惯，总想回家。年过九旬时，他的身体每况愈下，经常白天当成晚上过，晚上当成白天过。牙齿早就掉光了，只能吃稀的，或者是吃不用牙咬的蛋糕，虽然每顿吃得极少，可一天要吃上六七顿，太麻烦人了。

他一辈子不想麻烦别人。老了，这么无用，只有麻烦自己的儿女，才是天经地义。2016年，在他的一再坚持下，孙景坤离开丹东养老院，住进了大儿子孙福贵家。偏偏大儿子这时得了一种罕见的怪病，腿软得几百米都走不了，丹东、沈阳去了好几家医院，都没确诊出什么病，瘫在炕上也起不来了，患有高血压的儿媳妇照顾两个病人，身心疲惫。

在大儿子家住了一个月，孙景坤心疼大儿子、大儿媳，再也住不下去了，让孙子赶快带着他爸到北京看病，他被大女儿孙美丽接到了家中。孙美丽说，姊妹七个，不是病人，就是忙人，就我一个闲人，我侍候。就这样，孙景坤便住进了大女儿家，直至被送进光荣院。

老人最怕的是阴天下雨，弹片还留在身体里，疼得受不了。年轻时他还能忍得住，不让人看出他的痛苦，和他共事大半辈的会计曲华成，每天在一块儿劳作，居然不知道老队长身上有二十多处伤。

有伤的腿，冰凉凉的，经常泡澡才能缓解疼痛，女婿便背着老人去泡温泉。在大女儿一家人的精心照料下，孙景坤的身体状况渐渐地好起来，闲着的时候，老人也和女儿聊天。女儿问他，你生了七个孩子，为啥一个也不给安排工作？

孙景坤答，你们有饭吃，有地种，有儿有女有孙子，比我牺牲的战友幸福多了，人要学会知足。

父亲的回答不能说服孙美丽，依然无法解开她心里的疙瘩。顶替她的电话员退休金每月能拿四五千，而她有什么呀，70岁了，还拖着一条残腿，养猪、养鸡，为生计奔波。她问着父亲，你替别人办了那么多事，让他们的子女养着你呀！

老人见说服不了女儿，不再言语。

孙景坤年轻时爬冰卧雪过凉河，到了老年，病就找上了，患有严重的前列腺疾病，需要导尿管辅助导尿。女儿给他插尿管的时候，老人羞愧难当，号啕大哭，称对不起女儿，说出了他当时的内心想法：把生产队搞好了，一样能提高大家的收入，同样都是劳动，农民也能和城里的工人一样活得体面，从心里不愿意孩子们往外走。

等到他发现不管怎么干，生产队与城里人的差距仍越拉越大时，他也改变了想法，想着等到把山城一队的年轻人都安置好了再去安置自己的孩子，没想到，一等，就把他等老了，把生产队等没了。

父亲一哭，孙美丽的心就软了，再不好，她也是父亲给带到这个世界的。这么多年，她就想听到父亲一声道歉。父亲一哭，她心里的疙瘩也解开了，她理解了父亲，父亲是心底无私天地宽。

孙景坤一生不抽烟、不喝酒，除了劳动，没有其他的嗜好。珍惜粮食是他一生的美德，他对每一粒粮食都那么亲，从不浪费一寸土地、一粒粮食。院落旁，哪怕只有巴掌大的地方，他也要种上一棵庄稼，或者一棵白菜。老人有个习惯，不管多饿，从不吃饱，偶尔不小心掉下一个饭粒，不管有多脏，他都捡起来放入嘴中。

儿女们说，咱再困难也不差这一粒饭。老人家听着不高兴了，拿出了古人的话，粒粒皆辛苦，还告诉孩子们，抗美援朝，经常几天吃不上一顿饭，一粒粮食贵比黄金。

老人卧病在大女儿家时，只要受一点儿风寒就打喷嚏，有时正喝着粥，喷嚏来了，他害怕把粥喷出去，经常拿碗接住，又喝了下去。

女儿说，现在的日子，谁还差一口粥，吐了吧。

老人说，自己的，不嫌脏。

就这样，孙景坤在大女儿家一住就是四年多，大女儿的生活不宽裕。老人的身体时好时坏，除了一个跟随多年的氧气瓶，身边没有其他的急救设备，该吃什么药，怎么样护理更科学，家里人都是现学现用，没有个章法，96岁的高龄老人，一旦身体出现问题，家里人没办法应急处理。

丹东市委把孙景坤老人送到光荣院的特护病房，让专业人员科学护理。老人舍不得离开亲人，也舍不得山城村。

村党支部书记邱大鹏是孙景坤看着长大的，两个人是忘年交。他苦口婆心地劝说着，说你大闺女身体不好，也一大把年纪了，跛着一只脚侍候你，容易吗？把她拖累坏了，你不心疼？

光荣院的院长郑立新知道了孙景坤离不开亲人，向他表态，光荣院的特护病房允许他的儿女们轮班陪护，不让老人家寂寞。

别看孙景坤年近百岁，头脑依然很清晰，觉得大家说得在理，只是哀叹一声，身体不给自己做主了，一辈子不想给组织添麻烦，最后还是添了个大麻烦。

住进光荣院，长女孙美丽的儿子，长外孙毕元发来看孙景坤，给他带来了一件特殊的礼物。别看他对子女一脸严肃，不苟言笑，可对隔代人，特别喜欢。长外孙毕元发年龄也不小了，也迈进了50岁的门槛，30岁刚出头时，他爱上了一门特殊的艺术——糖画。

一口熬糖的锅，一把特制的勺子，以勺为笔，以糖为墨，手腕的起承转合间，熬得晶莹剔透的糖泛着特有的香甜气味，被恰到好处地控制着流速，抑扬顿挫地滴落在案板上。看似随意的几笔勾画，却在短短三五分钟内就能呈现出一幅栩栩如生的人物或者是动物糖画。

纪念改革开放四十周年时，毕元发的糖画被选入《"一带一路"世界邮票纪念珍藏邮册》。听到这个消息，姥爷特别高兴，外孙子靠自己的一双手，闯出了一条属于自己的路。

在光荣院，毕元发送给姥爷的糖画作品是一幅和平鸽，上面书写着"和平万岁"四个字。虽然糖画是不易保存的艺术品，或者称为瞬间艺术，可和平是人类追求的永恒主题，正义战争的终极目的就是为了和平。

孙景坤看着外孙子给他创作的晶莹剔透的艺术品，眼睛潮湿了——没白疼外孙子，这孩子懂他。

长子的"遗憾"

不仅仅对大女儿，对其他子女，孙景坤是同样的"苛刻"。

大儿子孙福贵 10 岁才上学，就是因为父亲舍不得学费，念完了小学，还光着脚丫子。在孙景坤的观念中，劳动最光荣，加上"文革"停课闹革命，孙景坤宁愿孩子们远离是非，回家老老实实干活。

1971年，孙福贵初中还没念完就到生产队上班了，先在铁炉拜个师傅学打铁。第二年，炼油厂招工，给了山城一队三个指标，孙景坤不让大儿子去，说刚到生产队就想走怎么能行。

蛤蟆塘拖拉机修理厂是镇办企业，不转为城市户口，不算招工，孙福贵铁匠技术正好能用上，他想学一门技术，自己联系妥了，父亲硬是给拦下了，还是不同意，把大儿子绑在了生产队里，哪儿也不许去。

那个时代，谁不想脱离土地，告别面朝黄土背朝天爬垄沟的日子，只有孙景坤牢牢地把子女们拴在土地上。他们不理解老一代人对土地的感情，渴望拥有土地，是中国农民几千年来的夙愿，是土改让他们拥有了土地，是土地集体所有让他们做了土地的主人。

孙景坤的战友们挂在嘴头上的理想不是共产主义，最常说的一句话是，等消灭了蒋匪帮，解放了全中国，回家种地。

后来，磷肥厂来招工，孙景坤不让大儿子去。磷矿也来招工，山城一队的名额增加到了五六个，父亲还是不让去。

那时，孙景坤的二儿子孙福堂也到生产队上班了，他只比哥哥小一岁。看到只要是招工，父亲总是拦在哥哥和姐姐的前边，就没敢张嘴，打消了当工人的念头，踏踏实实地当学徒、做木工，画图纸、搞建筑。有活儿的时候，被村五小企业的木工班招去干一段日子，没有活儿了，或者农忙季节，又回到生产队劳动。

每当孩子们对安排工作的事情有牢骚、有埋怨的时候，孙景坤立刻严厉制止，直至老年时，才宽容地说，你们有饭吃，有地种，比我牺牲的战友幸福多了，不要攀比，我牺牲了，还哪有你们。

孙福堂是山城村最后一批抽工走的，与他父亲无关。那时父亲在镇里的预制板厂当厂长，不再兼任山城一队的生产队长。孙福堂去的是市政管理处，木匠的手艺到底派上了用场。

1974年部队来招兵，孙福贵太害怕父亲反对了，背着父亲，悄悄地到武装部报了名，参加了体检，准备突破父亲的阻拦远走高飞。那次来招的是空军，虽然是地勤，对身体的要求也非常严格。没想到，体检这一关他顺利地通过了。

子女当兵，不仅要通过政审关，还要通过父母关，这下子，想瞒父亲也瞒不住了。孙福贵做足了心理准备，只要父亲反对，一定和父亲争到底，豁出去了，和姐姐一样，和父亲翻脸！

没想到孙景坤知道后，不但没阻拦，一向严谨的脸还露出了少有的笑容，称赞道，好儿就该去当兵。听说儿子是空军，他更是高兴得不得了，抗美援朝时，让志愿军吃亏最多的就是美国的空军，儿子去当空军，保卫祖国的蓝天不受美国的欺负，光荣！

本来，当兵是孙福贵无奈的选择，要知道，那时候到部队当兵，第一年的新兵每月津贴只有六块钱，第二年的津贴才长到七块钱。而留在生产队呢，哪个月的分值都能拿到三十多块钱，若是有机会当上了工人，工资能有四十多块钱，还有各种劳保待遇、发放各种低价主副食供应票。

若是算经济账，最不划算的是去当兵。

孙福贵最朴素的想法是到部队里学文化，弥补父亲不愿意让他读书、上学不足的缺憾。父亲的想法也很朴素，自己当过兵，孙家又出个当兵的，保卫祖国后继有人了。

送新兵入伍那天，元宝区召开欢迎会，需要请一个老兵做报告，讲授保卫祖国的意义，选来选去，选到了孙景坤，孙景坤立过战功，有说服力。本来，孙景坤平时话少，是个安静的人，只知道默默地干活，不擅长讲话。但那一次，他愉快地答应了，因为引以为豪的是，新兵中有他的儿子。

那一次，孙景坤照例对自己的战功只字不提，却眼含热泪地讲述朝鲜战场上空军有多么重要，美国就是倚仗空中优势，肆意轰炸我们的阵地，破坏我们的运输补给线，太多的志愿军战士没有牺牲在与敌人面对面的战场上，而是牺牲在飞机的扫射和轰炸中。建设起强大的空军是立国之本，孩子们，我为你们骄傲。

那一年，孙福贵19岁。四十七年过去，笔者采访时，他还清楚地记得父亲的讲话内容，这时，他才发现他所熟悉的沉默寡言的父亲还有另一面，就像鸭绿江，一年四季总是那么舒缓安静地流着，突然会有一天，咆哮地流淌过一次。那一次，父亲讲得特别好，特别鼓舞人心，每个人没等到部队呢，都有了立功的欲望。

最让孙福贵难忘的是，父亲从来没表扬过他，却在大会上点了自己的名字，夸他是个好儿郎，有志向，心中念念不忘的是保卫祖国。本来，孙福贵对当兵的认识并没有父亲说的那么高，听了父亲一席话，觉得特别舒服，也真是那么一回事，境界自然就提升了上去。

原来，父亲不是不善于讲话，而是不善于说没用的话。

开始入伍时，孙福贵在河北，后来随部队到了山东胶县。1977年，服兵役满三年了，正常应该复员，但他在部队干得好，被留下了。留下了意味什么，当过兵的人都知道，意味着有很大的机会能提干，或者上军校。

父亲经管着村里的五小企业，需要推销产品。出差的路上，经过胶县，顺路到军营看望儿子。部队首长听说孙福贵的父亲孙景坤是东野三纵的老战士，特别热情，因为胶县与这支"旋风部队"渊源很深，三纵的前身，有一部分就是来自山东的胶东。

看到部队首长对父亲这么尊重，孙福贵特别高兴，自己是兵二代，当然骄傲，他期盼着父亲能够张嘴，向首长提出要求，让儿子早日提干，可父亲自始至终没提一句。

倒是部队首长找到了孙福贵，请父亲给部队做一场报告，讲一讲解放战争中的辽沈战役。孙福贵觉得，自己入伍时父亲讲得那么好，讲辽沈战役的事情还不是易如反掌，没和父亲商量，就一口答应下来。没想到，父亲一听让他讲辽沈战役，脸马上阴下来了，训斥着儿子，讲什么讲，有什么好讲的，一个排的人，只剩下我一个了，人死得都下不去脚，他们都是山东的子弟。

就这样，父子俩不欢而散，父亲赌气而走。

那时，部队的大礼堂已经坐满了战士，只等着孙景坤出场，然而，孙景坤却不辞而别，把儿子撂在那儿了。

一想起那件事儿，孙福贵就特别沮丧，正是他提干最要紧的时候，回忆再痛苦，也不至于要命，讲过一场，儿子在部队的地位就不一样了。父亲现场当"逃兵"，直接影响了儿子的前途，让儿子今后在部队如何见人？这些，父亲从来没有想过。

就是受这件事儿的影响，孙福贵在首长面前总是没有底气，好像自己在吹嘘父亲是个功臣。接下来的三年，一次次的提干、学习的机会，都和孙福贵擦肩而过，只是因为他干得好，部队一直挽留他，他整整在部队服役六年。

1980年，孙福贵复员，又成了山城一队的社员。

孙景坤90岁左右时，除了多年的老胃病，又患上了心脏病。这么高龄的患者，医院不愿意收，可是儿女们孝顺，不想让老人家走，最终决定，按照诊断的结果和医生的建议，给老人做心脏搭桥手术。

整个手术下来，费用多达五万多元，孙景坤没有积蓄，不是儿女均摊，就是向亲戚借。他严令子女，不许找政府。尽管老人下了禁令，可给伤残军人报销医疗费是有规定的，孙福贵还是去找了有关部门。

医疗费用最终报销了一半，可想一想报销的艰难过程，孙福贵眼泪又险些掉下来，工作人员斥责他，你们当儿女的是干什么吃的。儿子受的这些委屈，根本没和父亲说，说了，肯定挨父亲骂，父亲认为，自己的命是白捡回来的，已经多活了六十多年，再给组织添麻烦，对不起牺牲的战友。

父亲的"愧疚"

从20世纪80年代算起，一眨眼，四十几年过去了，儿女们一个接一个地变老，才理解了父亲。父亲一生都在回避战争，总是觉得活着本身，就是对不起一批接一批牺牲的战友，活得越长，越不敢回忆他们，他是在替牺牲的战友活着，尽最大的能力，做更有意义的事儿，所以，他没有那么多精力，既顾外人，又顾家人。

要说他一辈子不关心儿女，确实是冤枉他了，两代人有两代人的思考。孙景坤认为，自己没死，孩子能来到这个世界上都是白捡的，牺牲的那么多战友没有后代，也没有见到新社会，有饭吃，有衣穿，有活儿干，提那么多要求干什么？而儿女们呢，对美好生活充满了向往，不图出人头地，也得活得有模有样、有滋有味儿。可这些愿望都被父亲压制了，父亲是让别人先实现了愿望。

人越老越脆弱，看到子孙们生活得都不怎么富裕，孙景坤总是自责，说自己没文化，只知道动苦力，不懂得发现经济要靠高科技，没能把集体经济搞上去，才让孩子们跟着自己受苦了。孩子们安慰他，时代不同了，四十年前，就是勤劳致富的年代，您已经做得最好了，不能事事和现在比，我们不愁吃、不愁花，比上不足、比下有余，知足常乐。

孙景坤最担心的是孩子们的身体，三儿子和三儿媳的早逝是他心中最大的痛，他总是叮嘱孩子们，多照顾老三家的孩子，没爹没妈多可怜。

大女儿先天残疾，他看在眼里，心里在怪罪自己，早发现一年，就能把孩子的腿治好，不至于落下终身残疾。凭着大姑娘的要强劲儿，有个好身体，当农民也是个富裕户。

大儿子一家原本过得很好，可天怕乌云地怕荒，人怕疾病草怕霜，大儿子60岁时得了一种罕见的血管炎，腿疼得走不了路。他太担心大儿子也像三儿子那样，走在他前边。他着急上火，不敢吱声，也是一病不起。直到大儿子在北京协和医院找准了病因，治好了腿，能够在他面前行走自如了，才宽心。

还有，三闺女美华的丈夫得了尿毒症，每周都得透析一次，病情可别加重了。二闺女美玲的血压降下来没有？二儿子福堂忙什么呢，怎么不来光荣院陪我？老闺女美艳没退休呢，还那么忙吗？

老人家最高兴的是过生日，重孙子、外重孙子都来了，最大的也20多岁了，什么时候能让他见到第五代人？一家子几十口人，四世同堂，他特别开心。

乡邻的感恩

说完了家人,该说说孙景坤怎么对待外人了。咱们还得从头说起,让时针拨回到20世纪六七十年代。那时候,社会上最好用的不是金钱,也不是权力,畅行无阻的是介绍信。介绍信的权威,来自对单位的信任,哪怕介绍信来自最基层的生产队。

遇到困难,到队里开介绍信。出门住宿、购买物品、借钱租物、看病住院、出工搞副业赚点小外快等等,只要有介绍信,就能开方便之门。

同样是介绍信,孙景坤对待家人和对待他人截然不同。大女儿对他有意见,是因为父亲给队里那么多家孩子开出了介绍信,免除了学校的学费,偏偏不给她开。他当生产队长二十六年,为自己家方便的介绍信一张也没开过,多大的困难都自己扛着。

妻子的产后大流血、女儿的脑膜炎,都是急得要命的病,他谁也不告诉,一个人背着往医院跑。可是一旦听说别人家有个大病小灾,他急着让队里套车往医院赶,跑前跑后办手续,经常让医生误以为他是家属。

直到跑熟了医院，人们都知道了，这个老爷子是生产队长，全队每家人的事儿，都是他的事儿。如果赶上哪一家困难，或者没有应急的钱，交不上医疗费，他就把山城一队的介绍信抵押在医院。

大家都知道山城一队富裕，介绍信落到哪儿都会让人放宽心，决不会成为一张废纸。当然，也有些原本就特别困难的人家，摊上个病人就更困难了，住院的钱还不上。他就想办法，硬着头皮也给解决了，不让这些困难户添堵。

据时任生产队副队长的陈明盛回忆，村民陈殿云、孙宝德的命，就是介绍信换来的。每逢年终结算，医院经常拿着厚厚的一摞介绍信来山城一队，算清楚社员们看病时住院的钱。那些都是孙景坤开出的，押在了医院。

不让每一户人家被困难憋住，不让每一个人为吃饭发愁，让队里所有的人和睦相处，让大家相互帮助、调剂余缺，这些婆婆妈妈的事情和生产无关，却和生活息息相关。上工之余，孙景坤东家进西家出，解决的就是这些事情，对自己家的事情他却一概不管，交给妻子就万事大吉了。

他这么辛劳，就是想让周边的乡村看看，山城一队家家户户的日子过得有多红火，也让丹东市民们瞅瞅，农民也不比城里人活得差。让城里人羡慕生活在农村的人，这是孙景坤一直以来的奋斗目标，也是他最朴素的共产主义观。

后来，邓小平说过一句话，贫穷不是社会主义，其实，那时孙景坤所做的所有努力，就是想方设法让山城一队更像社会主义。

笔者在山城村采访时，经常遇到六七十岁的老人，他们围着我们，七嘴八舌地说，你们问的是老孙头啊，那个老头可好，他当队长时，哪家没借过他的光？不用担心兜里没有钱，有他在，啥困难都给你接过来。

那时候，当生产队长，官不大，权不小，生产队的钱财物都由队长掌管，若有贪心，一天从队里的仓库多抓出一把粮一把豆，家里就用不着顿顿喝粥。分值高的时候，记分时，只要他睁一只眼闭一只眼，家里那么多劳动力，多给孩子们记几分，收入肯定比别人家高出一等。

可是，不管孙景坤付出了多少辛苦，从来不计操心的工分，和普通社员一样，只计干活儿的那份工分，干多少活儿，计多少分。他的儿女们不但得不了高工分，常被他无理地给减下去，他说，只有这样，才能让社员们心里平衡，大家心服口服了，就能多出活儿，出好活儿，提高生产队的效率。

所以，从有生产队那天起，到实行包产到户，生产队不存在了，孙家在山城一队的生活水准始终不高。

孙景坤对自己家这么苛刻，对别人却大方得很。

1983年底，实行包产到户，那时，孙景坤在镇预制板厂当厂长，不再过问生产队的事情了。那天，山城一队要把所有的生产资料分配下去，人们聚在一起争抢着，争完车马农具院舍，接着争肥沃的菜地、水田。人人羡慕的好地争没了，就去争坡地、梯田地。

孙景坤不让家里人争，全家好几十口人，远远地站在后边，等到大家把好地都争完了，只剩下四十亩板结的涝洼地，没人去争。他平静地说，自己种地有经验，什么地都能打粮食，便全盘接收了。

对于每一寸土地都珍惜的孙景坤来说，这片地如果能改成水田，他决不会放过。正因为改造的难度太大了，既贫瘠，又板结，还缺少灌溉的条件，只能靠天吃饭，能打多少就打多少粮吧。

又过了几年，王太发等五户从黑龙江迁来的贫困户因为没有赶上包产到户，没分到地，他就把自己的四十亩地全部转让给了他们。一个视土地为生命的人，到最后，却平静地把自己的土地送给了别人。村里人说，你太亏了。

孙景坤却说，吃亏是福。

地虽然不好，但位置却不错，临路靠边。许多年后，有一家工厂看上了这四十亩地，征用过来，盖了工厂。征地时给了承包户主丰厚的补偿，一夜之间，天上掉馅饼了，这五户人家立刻成了富裕户。他们感谢孙景坤，真是好人啊，没有当初的让地，哪儿有他们今天的幸运。

孙景坤却平淡得好像什么也没发生过，自己家早就不承包那片地了，有什么好处与己无关。

淳朴憨厚，总是替别人着想，成了孙景坤习以为常的生活状态。然而，平凡和普通，一旦以纯洁信仰、高尚为底色，就有了非凡的意义。

村支部的榜样

2020年10月20日，孙景坤迎来了96周岁的生日，全家人齐聚丹东市光荣院，围着老人照了一张全家福。合影中的后排，有一个特殊的身影，只有他一个人，与孙家没有血缘关系，那便是山城村党支部书记邱大鹏。

邱大鹏是受老人之邀，特意来参加他们的家庭聚会。为什么别人不找，孙景坤偏偏把邱大鹏找来？那是因为老人惦念的不仅仅是自己的孩子们，念念不忘的还有他的山城村，光荣院条件再好，也不是自己的家乡。

老人对邱大鹏好，期盼着他能带领村干部多给村里做好事。邱大鹏对老人好，是在取经，怎么才能让老百姓满意，让大家都说好。

孙景坤教邱大鹏当村干部的第一个诀窍，重复的是毛主席的话：全心全意为人民服务。他说，村干部大公无私了，老百姓自然信任你。公而忘私，是孙景坤一辈子的准则，金杯银杯，不如村民的口碑。有的老百姓对村干部不满,直接拿孙景坤说事儿,想想当年老孙头咋干的。

邱大鹏对笔者说,老爷子的境界,那是多少年党性的养成,是修养,做到老爷子那样,挺难。老爷子的晚年,家徒四壁,只靠一点伤残军人抚恤金生活,可老人乐观知足。村里送他去疗养,他说不需要。村里招商引资,落户了好几家品牌企业,要资助老人家,他说不能给企业找麻烦,啥事都找企业拉赞助,会坏了村里的声誉。

当年,孙景坤的好多老首长位高权重,只要他肯找,不至于7个孩子全都自谋职业,没有一个国家公职人员。前几年,还有人劝老爷子,儿女们都老了,不管了,找找人,找更大的官儿,管管孙辈儿。孙景坤说,纪念抗美援朝出国作战六十年,赴京参加志愿军英模代表座谈会,中央领导都在场,想说,那时候就说了,想想牺牲的战友,我们多活了这么多年,还有什么话可说?

孙景坤告诫邱大鹏,每天晚上睡觉前,心要静下来,想一想村里的困难户还有多少,困难到什么程度,他们最迫切需要解决的困难是什么,有哪些解困的办法;腿脚要勤快,常到村里这家走走,那家看看,永远要帮助最困难的户,千方百计让他们脱贫,老百姓对党的感情是靠基层干部一点一滴培养出来的。

孙景坤教给邱大鹏的第二个法宝,一定要发展村经济,村集体经济壮大了,就有钱补贴那些"五保户"、困难户和有伤残病人的家庭,也有能力给老百姓办实事了。十几年过去了,邱大鹏一直牢记着孙景坤的教诲,谋求壮大村集体经济的办法。现在,村集体每年的净收入多达九十万元,村民组长、护林员、村医、退休村干部的工资,都由村里解决,贫困户的补贴每年都能增加。还有"五保户"、伤残人员,甚至外来户,每年特意安排一次体检,没有组织,这些人往往会被忽略。家中有人考上大学,或者家里有人去世,都有千元以上的额外补贴。村里吸纳社会资金,成立了慈善基金会,谁家遇到重大疾病,或者急需抢救费用的,就从基金里支付。

邱大鹏说,基金会是从老人家介绍信里学来的经验,借用现代的资金管理模式,特别适合村民们救急。

他还骄傲地告诉老人家,山城村被评为辽宁省美丽乡村示范村了。

孙景坤连声说好,却马上扔给邱大鹏第三个经验,那便是戒骄戒躁。他说,大鹏啊,别把给老百姓办的事儿天天挂在嘴上,干部就是为老百姓服务的,那是你们的本分,不值得炫耀,别一开会就讲,弄得全天下都知道,沾沾自喜是个毛病。

邱大鹏知道老爷子的耳朵不背,村干部做过哪些事情都能传到老爷子的耳朵里,便诚恳地取经。

孙景坤说,多好的事情,做完之后都要总结一下,世上没有十全十美的事儿,从多角度想,总能发现遗憾,别贪图功名,就是默默无闻地干,老百姓的认可是干出来的,不是说出来的,别天天穿得立立整整的,像从外国回来的,老百姓看着不舒服,只有让老百姓穿得立立整整的,家家出门有车坐,户户进屋有暖气,你们穿得讲究些,老百姓才不会讲究你们。

最后,孙景坤还会语重心长地说,我们这些老队长,没给你们留下什么,就是不怕苦、不怕累,没有私心,既然你们选择了这个位置,就要做出牺牲,多给老百姓做好事、做实事,让大家共同富裕。

邱大鹏说,山城村村风特别好,基本能路不拾遗,夜不闭户,有些人家的房子空了好多年,靠将军锁把门,院墙矮得一翻即过,可院子里的那些东西,连个草刺都没人动,更别说有人撬窗入户偷家用电器了,这都是当年孙景坤他们打下的好基础。

好的村风需要一代代传承下去。笔者在山城村的两次采访，看到的都是整洁的村容、喜庆的笑脸。村中间还有多功能休闲广场，老人们在体育器械上缓慢地做着运动，舒展腰身；还有的在跳着激情广场舞，和着韵律，挥舞着胳膊腿。

还有当年的大沙河，每逢早晚，人们成群结队到河堤散步。

不老的老人

如果非要给老年划个年龄段，那就从60岁以后画个线吧。农民没有退休的概念，也没有安享晚年的意识，只要能动，就会捡起他的本色——劳动。孙景坤勤劳惯了，不可能让自己闲下来，莳弄园田，给孩子们种些新鲜的蔬菜，修剪枝条，照管后山上百余棵板栗树。

这些农活，对于60岁刚出头的孙景坤来说，一早一晚就忙活完了，整个白天，还有大把的时光。他想到了那些在生产队里的老伙计，一辈子都在一起劳动，老了也分不开，既然自己家的地让给了别人，那就给老伙计们搭把手，农忙时，帮他们干点活儿。

按照蛤蟆塘镇党委的要求，凡是从镇直属企业一把手的岗位离职回村的，与卸任村支书一样，参加村党支部的组织生活和组织活动。孙景坤一辈子听党的话，跟党走，村党支部所有的活动，招之即来，知无不言，言无不尽。

村党支部也特别愿意倾听孙景坤的意见，经历过生死考验的老党员，对党的忠诚是表里如一、一以贯之的，一路走来，经历了无数的艰险和磨难，没被任何困难压倒过，说出的都是真话、实话。

孙景坤不仅给村党支部出主意、想办法，解难题，还时常讲党课、说党史，成了村支部的业余党务工作者。

笔者两次赴山城村采访，一直是元宝区委宣传部副部长李世辉陪同，帮助联络采访对象，协调采访事宜。大家对孙景坤的回忆，都集中在他当山城一队生产队长时的故事，恰恰没人讲述孙景坤如何发挥余热。

不过，李部长查阅了大量档案资料，从元宝区和金山镇（原蛤蟆塘镇）找出了大量的孙景坤获得荣誉的登记。笔者撷取从1988至1998十年间孙景坤所获得的各级党组织的荣誉，展示给读者：

1988年,孙景坤在蛤蟆塘镇"三优一先"评选中,获得优秀共产党员称号。

1989年,孙景坤在蛤蟆塘镇"三优二先"评选中,获得"先锋杯"党员称号。

……

1999年,孙景坤被蛤蟆塘镇评为1997—1998年度优秀共产党员。

"三优一先"和"三优二先"表彰活动属于常设的奖励活动,每逢"七一"期间,各级党组织对优秀共产党员、优秀党务工作者、优秀思想政治工作者,先进党支部、先进党总支进行表彰。

细心的读者马上发现,只要镇里评选优秀共产党员,孙景坤几乎是年年入选,那是全体党员对他的尊崇,也是党组织对他的肯定。除非这一年度他受到了上一级党组织的表彰,镇里的表彰名单中才找不到孙景坤的名字。

比如1991年,孙景坤被元宝区评为优秀共产党员。同年,在全市"学雷锋、比贡献、做先锋、创一流"竞赛中,由于成绩突出,他被丹东市委组织部评为先进党员。

六七十岁的老人,年年被评为优秀共产党员,恐怕很少会有这样的先例，可是，老人做在那儿呢，众望所归，想评别人，总有人不服。

除了被评为优秀共产党员，还有一项荣誉孙景坤获得的也不少，那就是"关心下一代"奖。20世纪90年代初，丹东市关心下一代工作委员会在全市广泛开展爱国主义教育，特别需要老英雄、老战士现身说法。作为老退伍军人的孙景坤，经常被各学校邀请去讲授革命传统，讲述艰苦卓绝的战争年代，讲述红色江山来得不容易，让孩子们珍惜现在的美好生活。

孙景坤现身说法的爱国主义教育，是出于本能，他发现孩子们对党史知识的认识普遍缺乏，忧心忡忡，他太害怕年轻的一代忘了根本，害怕美国人所预言的把和平演变的希望寄托在中国的第三代、第四代身上。他把晚年的余热都用在了孩子们的身上，让孩子们不忘根本，懂得红色江山是无数的先烈用鲜血换来的，要格外珍惜，扣好人生的第一粒扣子。

正是因为孙景坤不断地讲述，有心人记下了，在媒体上报道了出来。丹东市关心下一代工作委员会正缺少这样能够言传身教的典型，查阅一下资料，孙景坤正是这样的典型，于是，丹东市的学校、军营到处都留下了孙景坤的身影。

正因为如此，1991年和1992年，孙景坤先后两次被辽宁省委组织部和丹东市委组织部等部门评为全省和全市"关心下一代工作先进个人"。

老骥伏枥，志在千里，烈士暮年，壮心不已。不管任何时候，孙景坤不改其心，不移其志，不毁其节。

第十章　时代楷模

缺席的盛典

一个有希望的民族不能没有英雄，一个有前途的国家不能没有先锋。

2020年10月14日，经中宣部批准，授予孙景坤、徐振明同志"时代楷模"称号。10月23日，在纪念中国人民志愿军抗美援朝出国作战七十周年之际，中宣部以云发布的方式，向全社会发布中国人民志愿军老战士孙景坤、徐振明的先进事迹和"时代楷模"称号。

在云发布的主会场，主持人用充满激情的语调，宣读着对孙景坤的表彰词：在战争年代，他冲锋陷阵、英勇顽强、屡立战功，用热血青春诠释了革命战士的赤胆忠心，在抗美援朝中曾荣立一等功，被授予抗美援朝一级战士荣誉勋章，作为中国人民志愿军回国英雄报告团成员，受到毛主席等党和国家领导人的亲切接见。在和平年代，他深藏功名、淡泊名利，几十年如一日扎根乡村，用诚实劳动改变家乡落后面貌，用执着坚守彰显了共产党员的初心使命。

云发布的辽宁分会场与主会场相互呼应着，也是如火如荼的热烈，辽宁省委领导和各界人士与主会场联通互动。两个会场同时播放孙景坤事迹的短片，又分别举行不同仪式。

然而，不管是主会场还是分会场，都没有看到获得称号的主角之一孙景坤出场。他的长子和长女随同工作人员一块儿进京，进入云发布的主会场，替父亲领取了奖牌和证书。那天，比孙景坤小3岁的志愿军老战士徐振明，去了现场，他坐着轮椅被推上颁奖台。

此时，孙景坤静静地躺在丹东市光荣院的病房里，安静地接受院里人们的祝福，如此重大的盛典，仿佛是别人的事儿，与他没有多少关系。这一天，除了省委主要领导专程来光荣院看望他，让他的内心掀起一阵波澜，之后，一切又归于平静。

这一天，秋高气爽，阳光明媚。光荣院护理人员将孙景坤扶下病床，坐进轮椅，走到院内，在铺满金黄落叶的院落里，平静地接受这一殊荣。

光荣院坐落在风景如画的凤凰山下,一抬头就能看到满山的风景。秋天的凤凰山,赤橙黄绿,色彩缤纷,层林尽染,山峰雄奇险峻,山谷幽深灵秀,险奇相互叠加,灵秀相伴通幽,正所谓"鏊岩丹青一幅画,海云仙阁一溪诗"。

风景灵秀的丹东地区,若是没有雄壮的凤凰山,总不能让人联想起阳刚之气。而山下光荣院里的"孙景坤们",正是挺起这股阳刚之气的丹东人。

孙景坤安静地坐在院中,看着山上如织的人流,看着那些充满青春气息的年轻人,看着每张脸都洋溢着阳光,他心满意足了,这就是他为之奋斗的幸福,年轻一代实现了。

10月,是孙景坤的生辰月,却是母亲磨难月,更是祖国的磨难月。对于孙景坤来说,10月,不愿意想,却不能忘。即使96岁高龄,坐着轮椅,徜徉在光荣院里,仰望着丹东凤凰山多彩的秋景,也不愿意提及这个月份。

从1952年10月,四十军结束了三八线上的最后一场战役,整整六十八年过去了。为了回避敏感的10月,他用丰收替代,整整一个甲子,用劳动的硕果冲淡这个月份血与火的记忆。他当了大半辈子生产队长，披绿了家乡两座荒山，治服了危害山城村几百年的大沙河，向涝洼地要回了百亩良田，富裕了近百户村民。没有人知道他为什么像打大仗一样带着大家劳动，只有他自己清楚，国富民强才能远离战争，他在做着一滴水也能折射阳光的事情。

他刻意地隐瞒战功，是不愿意回忆战火，不想记起眼前牺牲的无数个战友，只有沉默，才是对战友的最好怀念。

铭　记

鸭绿江水昼夜不息，静静地流淌，河水掩藏了流逝的岁月，抚平了战争的创伤，可那一段峥嵘岁月，永远也不能抹平。深深的弹孔、扭曲的钢梁，牢牢地刻在鸭绿江断桥上，历史的沧桑和美军战机的侵略行径，被铁证如山地记录下来，无法随着岁月而消逝。

来到鸭绿江边，虽然感受着和平的风和煦地吹拂，但只要望一眼断桥，仿佛仍能听到当年战斗的号角、炮火的轰鸣。伟大的抗美援朝战争，见证了中国人民和志愿军将士敢打必胜的血性铁骨；伟大的抗美援朝运动，见证了中国人民不畏强暴维护世界和平的坚定决心。

丹东，这座饱经战火洗礼的城市，那段波澜壮阔的红色历史早已融入它的血脉，成为最宝贵的精神财富，岁月无法带走这座"红色东方之城"的荣光，万众一心的顽强品格，钢铁一般的意志，已经成为丹东人的品格。

春华秋实，四季流转。在丹东市内的英华山上，巍然耸立着抗美援朝纪念塔，塔高五十三米，象征着1953年抗美援朝战争取得了伟大胜利；塔体为方形中空式，灰白色花岗岩贴面，下面是由旗帜、鲜花、彩带组成的汉白玉塔花，象征着和平、胜利和友谊。

纪念塔四个塔墩上，矗立着四处大型群雕，分别描绘了抗美援朝战争、抗美援朝运动、志愿军空军和钢铁运输线。在四座群雕像的注目下，七十年来，丹东传承伟大的抗美援朝精神，赓续红色精神血脉，建设英雄城市，让这座城市的红色底色愈发深厚。

历史不会忘记，英雄的丹东人民，抗美援朝战争期间，两万多名青年踊跃参军，数万名民工奔赴前线，义务献血五十八万毫升、捐献九十六亿元（旧币）支援战争，全市三万多名妇女为志愿军官兵做鞋

38.8万多双、大衣一万多件、棉被三万多床……

整个抗美援朝期间，丹东共涌现出各类英模人物两千多人。

七十年过去，丹东依然健在的抗美援朝参战老兵仅剩下1186人。这些老兵，最年轻的，也接近90岁了。每名老兵，都有一段可歌可泣的战斗经历，都是一笔宝贵的精神财富。然而，岁月无情，自然规律难以抗拒，流逝的时间，终究会带走这些老兵，也会带走那些鲜为人知的感人故事。

江水一去不复返，这些珍贵的历史资源，不能随着时间的流逝而消失。丹东市委宣传部的同志们，忧心忡忡，他们达成了共识，不管有多难，不管走多远，在纪念中国人民志愿军抗美援朝出国作战七十周年之前，一定要完成对抗美援朝老战士口述历史的采录，抢救性拍摄抗美援朝口述史《铭记》。

《铭记》这部系列电视纪录片视野全部打开，并不局限于丹东，他们组织丹东广播电视台、抗美援朝纪念馆和社会力量，收集各种资料，面向全体出国作战的志愿军老战士，面向全社会"寻找最可爱的人、讲述最可爱的人"。

选择采访对象，他们力求兼顾各次战役和重大事件、兼顾各兵种、各部队、各个省市，同时也兼顾支前模范和铁路、电力等国防动员战线的老职工。通过亲历者和见证人的讲述，让人们对抗美援朝的认知和理解更加丰富、更加全面。

2020年伊始，他们制订了集中采访计划，没多久，组成了若干个拍摄录制团队，宣传部的领导打头阵，联络各方，走南闯北，日夜兼程，抢在第一时间找到志愿军老战士，采录到珍贵的影像和录音资料。

丹东市委宣传部副部长江宏立告诉笔者，《铭记》的录制过程，就是抗美援朝精神的再现，每天像打仗一样，同时间赛跑。在采访韩德彩老英雄的过程中，老英雄紧紧抓住编导的手，反复说了好几遍"再晚，就来不及了"。

摄制的过程，事实上也成了一次"关爱最可爱的人"公益活动，主创人员怀着一颗赤诚初心加入采编队伍，在完成摄制任务的同时，还募集资金、捐钱捐物，慰问了身患重病的志愿军老英雄、支前模范，表达对老英雄们的敬仰与关爱。

到2021年7月，他们已经完成了对286名抗美援朝老战士、老模范的口述实录，其中有一级战斗英雄张积慧，二级战斗英雄郑起、韩德彩、蔡兴海，白云山团副政委吕品，南启祥、白清林、程茂友等一批老将军，还有一等功荣立者孙景坤，102岁独臂战斗英雄蒋文，最小的志愿军女战士刘军……还有铁路、电业等各行业的支前模范。

纪录片每集推出一位老英雄，以一位抗美援朝亲历者的讲述为主，辅之以抗美援朝史料画面，每集纪录片剪辑的时间都不长，大约在五分钟左右，信息量却相当的大，震撼力也特别强，战役背景、个人事例清晰明了。

节目录制完成了，拓宽受众面，吸引各年龄段人们的关注，扩大《铭记》传播面和影响力，播出渠道的选择很重要。丹东市委宣传部根据不同播出平台的需求，分别制作不同的视频，被中央电视台、省市电视台相关频道选中播出，还有抖音、微信公众号等各种新媒体、多媒体的平台上亦有发布，让英雄的故事传遍千家万户。

他们先后制作了《孙景坤：赫赫战功，深藏功名》《刘克仁：九死一生，始终无悔》《何良才：机智勇敢，通信立功》等一百个短片，在建党百年之际，实现了"百年百人"的阶段性目标。限于每一集的时长，他们只能将每一位英雄的事迹浓缩在五分钟之内，大量采访拍摄录制的内容被剪辑掉了,但作为口述历史的资料却被永久地留存下来,成了珍贵的精神财富。

第一集选择哪一位志愿军老英雄播出?是一级战斗英雄,还是二级战斗英雄?他们斟酌再三,既然丹东是英雄之城、红色之城,也是抗美援朝精神的象征之城,《铭记》首推的英雄也该是来自丹东的功臣,营造出英雄城市学英雄的浓厚氛围。

于是,孙景坤无可争辩地被推到首位。2020年8月31日,抢救性采访抗美援朝口述历史系列纪录片《铭记》第一集开播,孙景坤讲述了上甘岭战役中161高地攻守战的亲身经历。同一时间,丹东市报刊、电视、广播、网络等多平台联动,刊登播放抗美援朝老战士系列报道,一时间,孙景坤的名字在丹东家喻户晓。

没过多久,纪录片《铭记》被人民日报客户端、新华网、"学习强国"全国平台和辽宁学习平台等转载,引发社会热烈反响。市委宣传部制作的《孙景坤:丹东好人时代楷模》宣传片,在丹东广播电视台和社会大屏滚动播出。

如今,《铭记》的收视率越来越高,影响范围越来越广。一些中央媒体提出合作意向,多地退役军人事务部门主动提供采访线索。丹东市委宣传部领导表示，《铭记》不会止步，他们将继续采访下去，把这些英雄的事迹作为爱国主义教育、国防教育、青少年德育教育的鲜活教材，全方位、多渠道向全社会发布，把《铭记》打造成一个红色文化公益品牌。

在丹东市委宣传部的力推之下，一个个英雄的形象走进人们视野，一个个英雄的故事传遍千家万户。这些抢救性采访，亲历者的口述让我们目睹了依然健在的"最可爱的人"，丰富了历史实事，还原了历史的原貌，丰富的细节、感人的故事、鲜为人知的轶事，将会让伟大的抗美援朝精神一代代传承下去。

发　现

对抗美援朝英烈们的英勇事迹，20世纪六七十年代出生的人并不陌生，随口能说出杨根思、黄继光、邱少云等耳熟能详的名字。然而这场残酷的战争，还有千千万万牺牲的烈士，有的尸骨无存，有的遗骸还遗留在国外，留下的仅仅是个名字，他们用鲜血和生命捍卫了祖国的尊严。

每个烈士,都有一个惨烈的故事,可惜被硝烟与战火封存了,无法继续挖掘。可活着的英雄,肚里装满了传奇与悲壮,只是没有被广泛地挖掘,更没有被广泛宣传,尤其是沉入底层的普通英雄。一段时期以来,历史虚无主义甚嚣尘上,出现了对英雄事迹的消解和误读,加上一些崇美派和惧美派在作怪,伟大的抗美援朝精神渐渐地被忽略。

风雨百年,青史可鉴,历史是最好的教科书,也是最好的营养剂。在纪念中国人民志愿军抗美援朝出国作战七十周年之际,丹东不仅仅加大了对抗美援朝英雄们的宣传力度,也开始挖掘抗美援朝老英雄的事迹。

于是,孙景坤越来越清晰地浮现在人们的眼前,并且作为一种精神定位,被广泛地传播出去。

事实上,孙景坤的事迹早在20世纪80年代就屡见于报端,有的是他关心教育下一代,有的是他组织生产,唯独不见他在朝鲜战场上立下一等战功的事迹。这些报道只是普通的新闻,一带而过,时过境迁,也就没人记得了。

战争年代的事情,孙景坤对自己的子女都闭口不谈,别人哪能知晓?20世纪90年代,抗美援朝纪念馆移地改建，向社会征集文物。人们忽然想起张德胜当年珍藏的那本书《战斗在朝鲜》，还有孩子们胸前挂着的纪念章。

当工作人员找到深藏功名的孙景坤时，他左思右想，才将自己的立功证书等捐献给抗美援朝纪念馆。人们这才知道他就是《中国人民志愿军第四十军战史册》中记载的战斗英雄孙景坤。当时，丹东市委宣传部部署市直媒体进行多次报道，英雄的事迹才逐渐为人所知。

从此，新闻媒体敏锐的眼睛一直盯着孙景坤，在纪念建军八十周年之际，《丹东日报》策划开辟了"断桥回顾"特别栏目，以接近一版的篇幅，刊发了通讯《受到毛主席接见的上甘岭英雄》。

虽然如此，但由于当时的报道方式和传播渠道的局限，孙景坤的事迹只在丹东一带流传，并没有产生广泛的影响，只作为现象，没作为典型进行宣传。

传　播

英雄的故事，不能永远地被深藏；英雄的甘守清贫、乐于奉献、对党绝对忠诚的精神，不能随着时光的流淌而顺其自然地消失。就像陈年老酒，不管窖藏得有多深，时间有多久，只要有机会打开尘封的酒坛，醉人的香气就会自然而然地洋溢出来。

孙景坤就是那坛陈年老酒。

2019年9月，新华社辽宁分社记者来丹东调研抗美援朝选题，要在纪念中国人民志愿军抗美援朝出国作战七十周年来临之际，推出志愿军老战士的典型事例。丹东市委宣传部从众多的志愿军老战士中选出了孙景坤，认为孙景坤无论在战争年代还是和平年代都具有典型意义，并附上孙景坤的事迹，积极推荐。

记者们经过反复对比，参考着辽宁省退役军人事务厅提供的报道线索，认为孙景坤的事迹适合作为典型，选择适当时机，给予重点报道。

2020年8月，新华社记者再度来到丹东，实地深入采访，撰写了内参材料，报送中央，经中央领导圈阅后，中央军委领导做出批示，向全社会宣传孙景坤的事迹。辽宁省委宣传部积极协调国内各大媒体来到丹东进行深度采访。省直各媒体也纷至沓来，以不同的视角、不同的传播方式，集中宣传报道。

孙景坤的先进事迹终于广为人知。

2020年8月11日，丹东市委书记特意做出批示，"请退役军人事务局、元宝区继续照顾好老英雄的生活。请宣传部、退役军人事务局高度重视对健在志愿军老战士的抢救性采访，注重对他们英雄事迹的宣传"。

当天，市委常委、宣传部部长专程到孙景坤的大女儿孙美丽家看望慰问老英雄。当看到老人家居住简陋，医疗条件得不到保障时，立刻协调市退役军人事务局和元宝区委将老人安排到丹东市光荣院安度晚年，专人特护，费用全免，并责成市委宣传部组织专门力量，深入基层，全面发掘整理孙景坤同志相关情况，形成先进事迹汇报材料。

8月21日，省委宣传部分管副部长带队，专程来丹东调研孙景坤同志先进事迹，给予充分肯定。接下来的日子，按照中宣部、省委宣传部选树重大典型流程，对孙景坤事迹的宣传一步一步加深。

9月9日，经丹东市委批准、社会公示后，丹东市委宣传部命名孙景坤"丹东好人·时代楷模"称号。考虑到孙景坤同志年龄和身体状况，在印发命名决定的当天，市委宣传部同志到丹东市光荣院特护房间，为孙景坤同志现场宣读命名决定，颁发荣誉证书。

9月15日，丹东市委做出向孙景坤同志学习的决定。

9月18日至20日，中宣部宣教局局长一行来丹东参加抗美援朝纪念馆新馆开馆仪式，看望慰问了孙景坤，参加了孙景坤先进事迹座谈会，对选树宣传孙景坤同志"时代楷模"相关工作提出指导性意见和建议。

9月26日，省委宣传部授予孙景坤"辽宁好人·时代楷模"称号。

10月14日，中宣部授予孙景坤全国"时代楷模"称号。

10月15日，丹东市委宣传部印发《"时代楷模"孙景坤集中宣传方案》，在全社会大力营造崇尚英雄、学习英雄、捍卫英雄、关爱英雄的浓厚氛围。

10月23日，中宣部以云发布的方式，向全社会公布"时代楷模"——中国人民志愿军老战士孙景坤、徐振明的先进事迹。当日，省委主要领导到丹东市光荣院看望了孙景坤，以示祝贺。

"时代楷模"的评选始于2014年。"时代楷模"是由中央宣传部授予并集中组织宣传的全国重大先进典型，充分体现"爱国、敬业、诚信、友善"的价值准则，充分体现中华传统美德，是具有很强先进性、代表性、时代性和典型性的先进人物。"时代楷模"事迹厚重感人、道德情操高尚、影响广泛深远。

孙景坤被授予"时代楷模"称号后,中央媒体、辽宁各家媒体,对孙景坤先进事迹的跟踪报道依然接连不断。丹东市某基层单位编排《英雄无言》情景剧、互动式党课;在省委宣传部等部门举办的辽宁省第七届"好记者讲好故事"演讲比赛中,丹东选手以孙景坤事迹为素材,生动讲述了好故事"我的勋章里有你",并作为辽宁三位选手之一,被推荐参加全国比赛;丹东市各中小学开学的第一课,就是组织观看《铭记》纪录片。

笔者结稿时,丹东依然以多种形式,致敬英雄、学习英雄,沉浸在学习孙景坤同志先进事迹、弘扬伟大抗美援朝精神的新热潮中。

2021年6月29日,在举国欢庆,喜迎建党百年之际,中共中央首次评选颁授共和国最高荣誉——"七一勋章",孙景坤成为全国二十九名获得者之一。

铭记历史　铭记英雄

后　记

　　这部作品是我创作生涯中的意外收获,得益于辽宁省委宣传部的安排。2020年国庆长假期间,中央电视台摄制组到山城村采访孙景坤的事迹,部领导特意嘱托省作协,安排一名作家,同时深入生活,进行采访,创作一篇能上中央媒体的报告文学。

　　省作协党组指派我完成这项创作任务。在省委宣传部宣教处副处长单秋海的陪同下,我抵达了丹东。丹东市委常委、宣传部部长焦万伟,努力推动孙景坤事迹广泛传播,他熟悉采访者最需要的是什么,详细安排了采访对象和行程。丹东市委宣传部副部长江宏立,是纪录片《铭记》的总监制、总撰稿,对孙景坤的事迹了如指掌,如数家珍般讲了许多故事,宣教科长刘先宽放弃整个国庆长假的休息,全程陪同采访。

对丹东这座英雄城市,我并不陌生,每年至少能去一次,有时是安排国内作家采风采访,有时是组织省内作家采访参观。常带着省内外作家,行走在鸭绿江畔,看江水浩荡而又平静地流淌,听身旁沿江广场上循环播放的抗美援朝组歌,走弹孔累累的鸭绿江断桥、河口断桥,观抗美援朝纪念馆,找志愿军过江遗址……

总之,每一次去丹东,都与追寻和重温伟大的抗美援朝精神相关。

在国庆采访之前,我对孙景坤的名字已经不陌生了,2020年8月中旬,组织省作协签约作家、骨干作家采访抗美援朝老战士、支前老民工,丹东市委宣传部提供的名单中,就有孙景坤的名字,也有孙景坤的事迹简介。

可是,到了具体采访时,孙景坤的身体状况出现了问题,不适应采访了,十几位老战士、支前老民工,唯有立功层次最高、影响力最大的孙景坤没被作家写进作品。

欠下的总归要还的。冥冥之中,国庆节期间安排我重返丹东,再来采访,就是要还这笔债的。

在一周的时间里,我始终徜徉在山城村里,行走在孙景坤曾经走过的路径上,感受着当年孙景坤的奋斗足迹。我去得最多的是孙景坤的大女儿孙美丽家,那是孙景坤离开山城村前往光荣院的最后居所,尽管老人家搬走有一个多月了,可房间里处处保留着孙景坤的气息,孙美丽依然觉得父亲还在她身边,不断地讲述着与父亲相处的点点滴滴。

我走进了山城村青莓沟(原名孔家沟),一座座尖顶红瓦的民居散落在山坳间。在村民的引领下,我找到了一座普通的老房子。虽然人去房空,可就在这座房子里,老英雄孙景坤几乎住了一辈子,他的军功章也是深藏在这座房子里。

我随便找了几个孙景坤的邻居,尽管我尽量找年龄大的,可年龄最长者,不过80岁,和96岁高龄的孙景坤比,几乎是差了一代人。我询问他们,知道不知道孙景坤是抗美援朝的一等功荣立者，那些八旬老人连连摇头，只知道孙队长当过兵，去过朝鲜，带领大家修路筑坝造林，让山城一队过上了好日子，英雄和功臣的事儿，也是一个月之前，孙景坤被评为"辽宁好人"时才知道的。

我采访这些老人的时候，省报和《解放军报》的记者们已经采访过他们了，我和这些记者同样遇到一个啼笑皆非的问题，本来是我们采访这些老人，毕竟他们与老队长孙景坤朝夕相处七十载，应该比我们更熟悉情况，结果反倒让他们"采访"我们了，追问老孙头在抗美援朝时立下的是什么大功。

如此可见，不是这么多人来采访，不是媒体的不断宣传，他们根本不知道身边的好人孙景坤原来是个功臣，是了不起的英雄。可见孙景坤淡泊名利已经深入骨髓，所以才会深藏军功章。深藏的本质是珍惜，不显露的内涵是品格，这种品格感染了我，令我不写不快。

国庆采访的最后一天，我与中央电视台节目组一同到丹东市光荣院，面对面地采访老英雄。坐在轮椅上的孙景坤，从胸前一片军功章中，摸到那枚抗美援朝一级战士荣誉勋章，声音含糊且又平淡地说，1954年彭德怀给我挂上的。

尽管老人头脑清醒，思路清晰，毕竟96岁高龄了，身体很虚弱。在丹东市光荣院采访时，我一直在中央电视台节目组的身后，作为旁听者。虽然我也有一肚子问题想问孙景坤，可我不忍心让躺在病床上的老人再次受累，不想触动老人家敏感的神经，也不想让老人家沉浸到痛苦的回忆中，一次次回忆战友们为国牺牲的悲壮场景。我只能从老人家其他战友和一一九师后代们对父辈们的回忆中，从四十军的军史和众多的资料中，还原那个战火纷飞的年代。

2021年春节期间，沈阳出版社总编辑闫志宏给我打电话，策划迎接建党百年大庆的献礼书目。恰巧中国作协重点扶持项目中有"时代楷模"专项扶持，我的创作选题被列入其中，报告文学《深藏的军功章》刚刚在《光明日报》上发表，但只是截取一个片段，还有大量的素材和采访资料没有用上，不全部写出来，总有遗珠之憾。

我对闫总编脱口而出地说出书名《静静的鸭绿江》，安静是孙景坤的性格特征，鸭绿江是丹东的地理特征，也是中朝友谊的象征，鸭绿江水静静地流淌，无可阻挡，又象征着这种伟大的精神和品格的源远流长，延绵不止。书名就这样定了下来。

闫总编是雷厉风行的人，立刻衔接省委宣传部。得到了部领导支持后，我再次到丹东深度采访，我的责任编辑萧大勇，不仅全程跟踪我的创作，给我提供所需要的资料，还陪同我完成了第二次采访。丹东市委宣传部部长焦万伟一如既往地协调采访事宜，副部长江宏立、宣教科长刘先宽陪我现场调度采访人员，元宝区委宣传部副部长李世辉、山城村党支部书记邱大鹏不仅安排了采访，还提供了创作素材。

省作协党组特别支持我创作这部作品，不仅列入献礼书目，还特意给我为期一个月的创作假，确保我能如期完成创作。

借这部书的出版，我一并表示感谢。

创作的过程，是对孙景坤精神世界的再度发现，也是自身心灵净化的过程。我很享受这个过程。同时，作为一名党员作家，谨以此书献给中国共产党成立一百周年。

2021年3月